Ulla-Mari Kivi
Perintö

Ulla-Mari Kivi

Perintö

FSC
www.fsc.org
MIX
Paperi vastuul -
lisista lähteistä
Paper from
responsible sources
FSC® C105338

Kannen suunnittelu ja kuva: Ulla-Mari Kivi
Sisuksen taitto: Ulla-Mari Kivi

Kustantaja: BoD · Books on Demand GmbH, Helsinki, Suomi
Kirjapaino: Libri Plureos GmbH, Hampuri, Saksa

ISBN: 978-952-80-8428-0

Kiitokset

Lämpimät kiitokset Jaanalle ja Jormalle, jotka sitkeästi poimivat kirjoitusvirheitäni ja tekivät siten tekstistä entistä luettavampaa. Olette antaneet loistavaa tukea. Iso kiitos Minna kaikista kirjoittamiseen liittyvistä viesteistä ja niistä muista viesteistä myös. Sydänkiitokset perheelle tsempeistä. Niitä on tarvittu. Leealle erityiskiitos. Tiedät kyllä miksi. Sarille hevisti kiitoksia hyvästä vinkistä. Ja tietysti valtava kiitos teille, jotka olette kirjojeni lukijoita. Ilman teitä tuskin jatkaisin kirjoittamista.

1.luku

Minusta tuntui, että voisin upota. Painuisin pohjaan kuin iso kivi minkään pidättelemättä. Kun virta veisi minut, en asettuisi vastahankaan. En pyrkisi enää rannalle. En huutaisi apua. Antaisin joen kuljettaa. Maisemat vaihtuisivat kuin View Master-kiekon kuvat, ruutu kerrallaan. Näkisin rannoilla ihmisiä, jotka olisivat kasvotuttuja. Joku nostaisi ehkä kättä, vaikka ihmettelisi, mitä nyt tapahtuu. He ehtisivät miettiä, olenko tullut hulluksi. Joku kauhistuisi ja rientäisi hakemaan apua, vaikka olisin jo nopeasti saavuttamattomissa. Pää hädin tuskin pinnalla. Ohittaisin tutut törmät nopeasti. Maisemat vaihtuisivat, enkä enää tuntisi rantoja ihmisineen. En niitä, jotka loikoilisivat vilteillään hiekkapoukamassa, en niitä, joka uittaisivat matokoukkua vedessä saaliin toivossa, en niitäkään, jotka hölkkäisivät rantapenkalla tavoitteena ikuinen nuoruus. Jos pysyisin pinnalla, voisin päätyä merelle tai hyytyisin matkalla hypotermiaan tai haukkaisin keuhkoni täyteen vettä.

Siitäkö tässä olikin kyse. Minä en ole enää nuori. Tosin en ihan vanhakaan, mutta tarpeeksi. Siitäkö kumpusi halu antaa periksi, hiljainen kaipuu omaan rauhaan, joka sisälsi toiveen siirtyä sivuun kaikesta. Kaikki oli jo nähty ja koettu monta kertaa. Töissäkin suurin yllätys oli, jos ruokalistalle oli tullut joku uusi ruoka ja sitä ei tapahtunut edes kerran vuodessa.

– Mummu, nyt ei nukuta. Nyt on päivä.

Avasin silmät. Lastenohjelma pyöri edelleen ruudulla. Kaisla seisoi sohvan vieressä ja tuijotti minua pieni ryppy otsallaan. Tunnistin ilmeestä, että hänestäkin tulisi huolehtija tai hän oli jo. Hänen isosiskonsa oli toisenlainen.

Kanerva meni ja teki, eikä paljon kysellyt tai murehtinut mistään.

– En minä nuku. Pidin vain silmiä kiinni, vakuuttelin tytölle.

– Et näe superpupuja, jos sinulla on silmät kiinni. Ne on parhaita.

– Hyvä, että ehdin vielä. Minä nousen katsomaan, sanoin. Tein kuten lupasin. Nousin istumaan sohvalla. Moniväriset puput täyttivät ruudun loikkien villisti. Ne olivat valtavan energisiä, eivät pysyneet paikalla hetkeäkään. Niksulan tv ei enää tyydyttäisi tämän sukupolven vaatimuksia. Pupuohjelman tunnusmusiikki soi isosti. Kaisla piti kädessään kaukosäädintä.

– Voisitko laittaa hieman pienemmälle, pyysin.

Kaisla ei reagoinut pyyntööni, vaan tuijotti ruutua lumoutuneena mitään muuta näkemättä tai kuulematta. Annoin olla. Jakso kesti viisi minuuttia. Sinä aikana puput olivat juosseet metsässä, käyneet leikkipuistossa ja kisailleet keskenään. Ne kikattivat kaikelle ja jatkuvasti. Näin, miten Kaisla hymyili niiden kohellukselle. Kun jakso päättyi, Kaisla sulki ohjelman.

– Eikö siellä näy muuta lastenohjelmaa?

– En halua katsoa muuta. Mitä tehtäisiin? Kaisla kääntyi minuun päin.

Otin puhelimen taskustani ja vilkaisin, paljonko kello oli. Kohta puoli seitsemän. Kaisla lähtisi nukkumaan jo ennen kahdeksaa. Se oli minusta aikaisin, mutta toisaalta, mikäpä minä olin muuttamaan kenenkään unirytmiä. Tosin ei Kaislakaan nukahtaisi ennen yhdeksää, mentiinpä sänkyyn mihin aikaan tahansa. Hänellä oli aina paljon pohtimista ennen nukahtamistaan. Piti kerrata päivän tapahtumia, mikä oli mukavaa, mikä ei onnistunut tai mikä pelotti.

– Mitäs jos leivottaisiin papalle yllätysiltapala?

– Vaikka on ilta. Äiti ei leivo illalla, Kaisla totesi ja kaivoi nenäänsä.

– Vaikka on ilta, niin leivotaan nyt. Minulla on pakasteessa valmis piirakkapohja, niin ei siinä kauan mene.

– Milloin Kanerva tulee? Kaisla kysyi.

– Kanerva ei tule tänä iltana. Oletko unohtanut?

– Kanervan pitää tulla tänne.

– Joo, tiedän, että sinusta on kurjaa. Kanerva on nyt Annan luona yötä. Sinäkin pääset sinun kaverillesi yökylään, kun vähän kasvat.

– En minä halua. Minä haluan olla vain kotona tai joskus täällä tai Taanilassa.

– Mummukin tykkää olla kotona ja myös siitä, että olet täällä, sanoin.

Ihmettelin, miksi taas puhuin mummusta. Mummu sitä, mummu tätä. Kaisla kyllä ymmärtäisi, kenestä on kyse, vaikka sanoisin, että minusta on mukava olla kotona. Olin ulkoistanut itseni mummuksi. Nousin sohvalta, ja lähdin keittiöön. Kaisla seurasi perässä. Hän oli napannut jostain lattialta virttyneen lempipehmonsa kainaloon. Hän seisahtui jääkaapin luo. Hän oli niin pieni vielä, vaikka osasi jo paljon asioita ja kasvoi koko ajan hurjasti. Hänellä oli päällään hieman liian pitkä prinsessamekko, jonka helman alta kurkistivat pienet varpaat, joiden kynnet oli lakattu pinkillä kynsilakalla.

– Kaisla, käypä pesemässä kädet, kehotin.

Tyttö lähti välittömästi vessaa kohti. Hän ylettäisi hanaan nousemalla pienelle jakkaralle ja käsipyyhkeeseen, jolle oli oma naula alempana kuin muille pyyhkeille. Kuulin, miten vesi alkoi kohista. Pesaisin omat käteni keittiönhanan alla. Otin valmiin piirakkataikinan pakasteesta. Laitoin sen mikroon sulamaan. Nostin esille pyöreän vuoan, kananmunat, juustoraasteen, paprikan ja kinkkusuikaleet. Napsautin uunin päälle. Kaisla palasi keittiöön.

– *Tuosta ei tule mitään. Miten monta kertaa olen sanonut sinulle, että sinun pitää katsoa, mihin heität.*

– *Anteeksi, sanoin ja yritin kiskoa siimaa irti pajukosta.*

– *Älä revi nyt sitä, sotkeutuu vain pahemmin.* Ei tule omasta kalastamisesta mitään, kun menee kaikki aika sinun kanssa. Parempi olisi ollut, jos olisit jäänyt kotiin. Ei tytöistä ole näihin hommiin.

– *Mihin hommiin?*

– *Kalastamiseen esimerkiksi ja on niitä muitakin miesten juttuja.*

– *Minä tykkään onkia.*

– *Niin varmaan, mutta et uskalla laittaa matoa koukkuun, siima on solmussa ja kalat jää irrottamatta koukusta.*

– *Joo, anteeksi.*

– *Sinun pitää oppia tekemään asiat itse, jos meinaat minun mukana kulkea.*

– *Minä opettelen. Onko tuo lokki?*

– *Niin mikä?*

– *Tuo lintu tuolla.*

– *Jaa, näyttää olevan.*

– *Jos se haluais olla mun kaveri, niin voisko sen viedä kotiin. Haluaisin, että mulla olis joku lemmikkieläin.*

– *Ei voi viedä. Se on luonnon elukka. Ei ne tykkää olla vankeudessa. Nyt se irtosi. Anna tähän se vapa. Jaa, matokin irtosi. Eipä tule mitään. Voi helkkari. Anna tänne matorasia, niin laitan uuden.*

– *Voin yrittää ite.*

– *Ei tarvi, kun ei siitä mitään tule kumminkaan. No niin. Siinä se on. Ja nyt yritä edes vartti pärjätä ihan itekses, että minäkin ehdin muutaman kerran heitellä.*

Katselin koukussa kiemurtelevaa matoa. Minua harmitti, että se joutui olemaan siinä. Heilautin vapaa ja koukku

matoineen upposi pinnan alle. Minulle tuli heti hieman hel-
pompi olla. Tuijotin veden pinnalla keikkuvaa kohoa. Toi-
voin, että kala nappaisi madon koukkuineen. Toivoin, että
en saisi kalaa. Kun oli kaksi toivetta, oli varmempaa, että
jompikumpi toive toteutuisi. En tiennyt, kumpaa halusin
enemmän. Oikeastaan halusin vain kotiin. Sellaiseen kotiin,
jossa äitikin olisi.

2.luku

Poljin sinnikkäästi pyörällä töihin joka aamu, satoi tai paistoi. Kovilla pakkasilla tyydyin taittamaan matkan kävellen. Pidin pelkästään hyötyliikunnasta. Hikiselle jumppasalille minua ei saisi ilman korvausta. Työterveys-lääkäri oli yrittänyt takoa päähäni ajatusta, että kaikki liikunta on hyötyliikuntaa, koska liikunta hyödyttäisi minua. En innostunut ajatuksesta. Taas oli harmaa, kosteutta tihkuva aamu, jossa oli aavistus syvenevästä syksystä. Märkäsulkaiset varikset päivystivät mykkinä ohikulkijoita lehtensä varistaneessa koivussa. Tiesin, että vaivalla föönatut hiukset lätsähtäisivät, vaikka olin pakannut ne tiukasti piponi alle. Kun seisoin päivät tiukasti tuijottavien silmien maalitauluna, en halunnut näyttää koinsyömältä, kalustoon kuuluvalta muumiolta. Tosin osa porukasta jaksoi hädin tuskin pitää silmiään auki tunnin aikana, eikä olisi havahtunut ulkomuotooni, vaikka olisin ilmestynyt paikalle toplesstarjoilijana. Luonnollisesti siitä olisi tullut nuorille traumoja ja minulle potkut.

Aamu alkoi henkilökunnan kokouksella kuten joka maanantai. Se veisi taas pari tuntia ajasta, jolle olisi paljon muutakin käyttöä. Mutta Opetushallitus, Opetus- ja kulttuuriministeriö ja muut pitivät huolen, että opetuksen sisällön uudistamiseen ja tuntivalmisteluun ei jäänyt paljon työaikaa. Vaadittiin uusien opetussuunnitelmien käyttöönottoa, muutettiin arviointiperusteita tai arvioitiin opetuksen laatua. Jatkuva muutos oli päivän sana.

– Huomenta, huikkasi Marja, kun ohitin opintotoimiston avoimen oven.

– Huomenta, huomenta, vastasin.

13

Ei ollut aikaa pysähtyä vaihtamaan viikonloppukuulumisia, vaikka mieli teki. Marja oli huippu työkaveri, hauska, puhelias ja hänellä oli uskomaton stressinsietokyky. Hänen työssään sitä tarvittiinkin, kun kiire kuormitti jatkuvasti ja piti kuitenkin jaksaa vastata opiskelijoiden tarpeisiin kärsivällisesti ja kiireettömän oloisena.

Riisuin työhuoneessani ulkovaatteet ja vaihdoin jalkineet keveisiin avokkaisiin. Vilkaisin kelloa. Seitsemän minuuttia kokouksen alkuun. Ehtisin tulostaa esityslistan vielä ennen kokoustilaan siirtymistä. Paperinen esityslista oli mielestäni parempi kuin listan seuraaminen kännykästä. Kirjoitin yleensä paperille tärkeimmät asiat muistiin, vaikka palaverimuistio tulisi aikanaan sähköpostiin. Joskus vain piirtelin paperin täyteen kömpelöitä kukkia ikään kuin olisin jälleen opiskelija, joka odotti opetustunnin päättymistä.

Ehdin istumaan ennen kuin rehtori tuli luokkaan, jossa viikkopalaveri järjestettiin. Hän oli vanhan liiton mies, piti mielellään kiinni auktoriteetistaan, mutta pystyi myös neuvottelemaan asioista henkilökunnan kanssa, ainakin tiettyyn pisteeseen. Olin ollut talossa kahdeksan vuotta enkä ollut joutunut kertaakaan napit vastakkain hänen kanssaan. Ainakaan henkilökohtaisesti. Joskus opetushenkilökunta oli lähes rintamana eri mieltä hänen kanssaan. Etenkin taloa koskeneissa YT-neuvotteluissa, joissa irtisanottiin kolme ihmistä. Se kiristi yleistä työilmapiiriä joksikin aikaa.

Kokous sujui rutiininomaisesti. Käytiin läpi oppilaitoksen talousluvut, opiskelijamäärät, hankkeiden tilanne ja joulujuhla ja ketkä opiskelijoista valmistuivat jouluksi. Ritva esitteli juhlan ohjelmarungon, joka ei aiheuttanut kiihkeää keskustelua ennen kuin Matti sanoi, että olisi tarpeen saada paikallinen kansanedustaja paikalle puhumaan. Matti oli saman puolueen miehiä kansanedustajan kanssa.

– Pulkkinen oli kevätjuhlassakin puhumassa. Emme voi aina samoja henkilöitä pyytää. Haiskahtaa yksipuoluejärjestelmältä, Antero vastusti.

– Tämä on sitoutumaton oppilaitos. Kaikki sen tietävät. Minun mielestäni on hyvä, että pidetään suhde eduskuntaan lämpimänä, rehtori sanoi.

– Minun mielestäni tänä jouluna nainen juhlapuhujaksi, äidinkielenopettaja Eija ehdotti.

Kun keskustelu puolesta ja vastaan kesti pitkään ja laajeni myös tarjoilujen osalle, niin rehtori päätti laittaa pisteen ja ilmoitti, että Pulkkista kysytään. Päätös aiheutti lievää mutinaa, mutta myös helpotusta, sillä se tiesi kokouksen päättymistä ja aamukahville pääsemistä.

Kiirehdimme taukohuoneeseen, jossa valmis kahvi jo odotti. Täytin mukini ja nappasin lautaselta puolikkaan sämpylän käteeni. Istuin pitkän pöydän ääreen. Viereeni istahti Eija, joka aloitti suorasukaiseen tapaansa:

– Tämä syksy vie mehut. Viikonloput kuluvat nukkuen ja nuokkuen. Alanko mä tulla vanhaksi vai mitä tämä on?

– Johtuisko se vaan tästä pimeydestä. Milloin olet nähnyt auringon viimeksi?

– En muista. Varmaan elokuussa, Eija sanoi.

– Paistoi se ainakin kerran syyskuussa. Ja niin lämpimästi, että kävin uimassa, sanoin.

– Syyskuussa ei uida. Tarkemmin ajatellen Suomessa on varmaan suunnilleen kaksi päivää vuodessa, jolloin tarkenee käydä luonnonvesissä. Muutan vielä Etelä-Eurooppaan, saat nähdä. Se on arrivederci joku päivä.

– Tee niin. Kannattaa toteuttaa unelmia, joita vielä on, sanoin.

– Nyt kuulostaa siltä, ettei sinulla ole unelmia? Tietysti on. Jokaisella on.

– Ei minulla kyllä ole oikein mitään. Taitaa olla takanapäin kaikki. Ehkä eläkkeelle jäänti on minun unelmani, vastasin.

– Ei se ole mikään unelma. Se on normaali osa työelämää, ainakin vielä. Sehän voi olla, että minä en pääse ikinä eläkkeelle tai en ainakaan ennen kuin olen jotain seitkytä, Eija sanoi.

– Voi olla. Jatkuvasti hilataan kaikkien eläkeikää ylemmäksi.

– Mulla on tänään neljä tuntia mediaopiskelijoille. Ne ovat niin innoissaan, että miten edes osaan vastata niiden valtavaan tiedonjanoon. Vitsi, vitsi.

– Rutiinilla vaan vedät tunnit läpi. Jos eivät innostu, niin ei se ole sinun vikasi.

– Yleissivistävät on niille myrkkyä. Ne haluais vain pyöriä studiolla säätämässä omia proggiksiaan, Eija totesi.

– Ja kyllä ymmärrän, että studiohommat ja muut kiinnostavat tässä vaiheessa enemmän kuin äidinkieli, kun ammattikielikin lienee lähinnä englantia. Opetussuunnitelma on vaan eri mieltä. Ja minäkin. Jokainen tarvitsee yleissivistystä ja vähintäänkin, että osaa kirjoittaa ja ilmaista itseään myös kirjoittaen, suomeksi. Miten muuten onnistuu hakemaan edes hankerahoitusta.

– Niinpä. Hakemus pitäisi varmaan olla jonain appina, johon vois ruksia kaikki tarvittavat vaihtoehdot kirjoittamatta mitään, Eija nauroi.

– Uskon, että siitä uudistuksesta iloitsisivat muutkin kuin mediaopiskelijat.

– Epäilemättä. Onneksi tässä talossa on hankevalmistelija, ainakin toistaiseksi. Parasta olisi kyllä, että kaikki tarvittava raha olisi mahdollista saada normirahoituksella.

– Ei ole paluuta entiseen, veikkaan, sanoin.

– Mulla on enää tilkka kahvia, ja tauko meni ihan työasioiksi, Eija sanoi.

– Niin kuin aina.

– Ei nyt sentään. Perjantaina oli hulvattomat jutut ja hyvät naurut.

– Joo, kun ollaan tarpeeksi väsyneitä, niin huonokin huumori naurattaa, myönsin.

– Minusta tuntuu, että nauroimme ennen paljon enemmän, muulloinkin kuin vain perjantaina.

– Tietysti, kun ei ollut koko ajan semmoinen olo, että on jostain myöhässä tai jotakin tekemättä tai joku odottamassa, niin nauratti enemmän. Tietotekniikan piti tehdä asioita puolestamme ja tässä ollaan.

– Jospa automaatiotekniikka etenee ja kohta robotit korvaavat meidät? Singahdan nyt ottamaan kopsuja pilvipalveluista ja tekoälystä huolimatta. Saavat kirjoittaa ihan kynällä.

– Hyvä, mulla alkaa myös tunnit, mutta valmistin kaiken materiaalin viikonloppuna, sanoin.

– Ei pitäis tehdä töitä joka päivä, kun pitäis olla joskus vapaallakin.

– Tiedän, mutta en mä muuten opetuksesta selviä, jos en valmistele sunnuntaisin alustavasti koko seuraavaa viikkoa.

– Nähdään ruokkiksella, jos ehditään, Eija sanoi ja lähti pöydästä.

Vilkaisin seinäkelloa. Nousin myös tuolistani. Keräsin astiat mukaani, ja vein ne tiskikoriin. Lähdin hakemaan työhuoneestani ensimmäisellä opetustunnilla tarvittavan materiaalin.

Katselin itseäni peilistä. Minulla oli oranssinpunaiseen vivahtavaa huulipunaa. Paljon. Halusin näyttää kauniilta. Minä olin kaunis tai ainakin mekko oli kaunis. Hautasin pääni mekon helmaan. Se tuoksui hyvältä ja jotenkin tutulta. Otin mekon pitkistä helmoista kiinni ja pyörähtelin peilin edessä. Pyörin niin, että koko huone kieppui silmissäni. Minua hengästytti hieman. Pysähdyin, mutta en ehtinyt kuulla takaa tulevan askeleita. Käsi tarttui hiuksiini ja tukisti napakasti.

– Mitä sinä teet?

– Minä vain leikin, sopersin ja aloin itkeä.

Käsi irtosi hiuksistani.

– Sinulla ei ole lupa ottaa näitä vaatteita, kuulitko?

– Minä vain halusin kokeilla.

– Sinä et ota enää ikinä näitä vaatteita? Onko selvä, onko selvä?

– Joo.

– Riisu mekko heti pois.

– Joo.

Minua itketti. Kyyneleet liukuivat alas pitkin poskiani. Pyydystin niistä yhden kielelläni. Hetken suussani viivähti suolan maku. Sujautin nopeasti liian ison mekon pois päältäni. Minulla oli mekon alla t-paita ja shortsit. Mekko jäi mytyksi lattialle. Hän tempaisi sen ylös ja roikotti sitä pihtiotteella kuin se olisi ollut valtava kyykäärme.

– Ja mene heti pesemään naamasi. Sinä olet pelkkä kakara vasta. Kuulitko? Ala laputtaa nyt vessaan siitä. Hopi, hopi. Sitten menet pesemään perunat ja laitat ne tulelle. Onko selvä?

– Joo.

3. luku

Istuimme autossa. Takana oli jo pari sataa kilometriä pimeää taivalta, ja vielä oli olisi ajettava vähintään tunnin matka. Oli pitänyt herätä varhain. Harmittelin mielessäni kadottamaani lauantaivapaata ja samalla koin syyllisyyttä siitä, että tunsin niin. Sunnuntaille oli jo odottamassa tenttien korjaamista, joten en ehtisi tehdä mitään mukavaa koko viikonloppuna tai edes mitään kotitöitä. Puolisoni Manu kuunteli radiosta uutisia ja keskittyi samalla ohjaamaan autoa.

Myös minä istuin ajatuksissani. En osannut nukkua autossa, vaikka minua väsytti. Halusin varmistaa osaltani, että matka olisi turvallinen. Katselin ohikiitävää syksyn riisumaa maisemaa porojen tai hirvien varalta. Ehkä ne eivät liikkuneet näin pimeässä, mutta olin siitä huolimatta hiukan huolissani.

Edellispäivän aikana oli satanut lunta, joten tie oli liukas uudesta pakkaslumesta. Olin tyytyväinen, että kylmää oli kohtuullisesti, vain kymmenen pakkasasteen tietämillä. Muuten olisin varmasti paleltunut ulkona ja hankkinut vähintäänkin virtsatietulehduksen juhlavaatteissani. Samassa muistin, että uusin tutkimus väitti, ettei tulehdusta saanut kylmästä. Minua oli opetettu, että ei pidä istua kylmällä kivellä.

Alina-täti oli sairastanut pitkään. Hän oli jaksanut olla optimistinen syövästään huolimatta ja väitti, ettei kuolema pelota.

– Sitten kun se vie, niin vie. Tänne ei ole kukaan jäänyt eikä jää. Kaikilla se on edessä. Vuoro kun tulee, niin tulee. Minä en murehdi ennakkoon, hän oli sanonut.

19

Ihmettelin aina ja vähän kadehdinkin hänen voimavarojaan. Jos minä sairastuisin, minusta ei olisi varmaan mihinkään. Kuolisin huoleen ennen kuin tauti edes etenisi, ja surkuttelisin kohtaloani. Nyt olimme matkalla Alinan hautajaisiin. Hän oli sairastunut kesällä. Syksy oli ollut hänelle väistämättömän lähdön aikaa.

Kun Alinan veli Kaarlo soitti minulle ja kertoi Alinan kuolemasta, niin tieto ei yllättänyt. Olin soittanut edellisviikolla Alinalle, joka ei jaksanut puhua kuin minuutin verran. Hän oli totutusta poiketen hieman sekava. Vahvat kipulääkkeet sotkivat ajatuksia ja saivat sanomaan, mitä sattui. Muistoihin jäivät päivät, jolloin hän soitti puolentoista tunnin maratonpuheluja minulle vähintään kerran viikossa. Meillä oli hyvä suhde, vaikka asuimme kaukana toisistamme ja olimme eri-ikäisiä. Alina oli jäänyt leskeksi jo nuorena, eikä ollut mennyt uusiin naimisiin. Hänellä ei ollut omia lapsia, joten hän piti yhteyttä sukuunsa säännöllisesti.

Hautajaisiin oli tulossa paljon väkeä. Luultavasti. Alina oli pidetty ihminen omalla kylällään. Lapsettomana hänellä oli ollut aikaa muille ihmisille ja hän osallistui aktiivisesti vapaaehtoistyöhön ja yhdistystoimintaan. Hän oli ollut energinen ja puuhakas. Päivästä tulisi raskas niin kuin aina hautajaispäivistä. Olin jo itkuni itkenyt, mutta tiesin, että kun näkisin ensimmäisen itkevän ihmisen, niin omat silmäni vuotaisivat kuin huonosti suljettu hana, pisara kerrallaan. Olin jättänyt meikin vähäksi, sillä tällaisena päivänä oli tarjolla vain punaisia silmiä ja vielä punaisempia neniä.

– Mitkä fiilikset? Manu kysyi.

– Ihan ok. Väsyttää kyllä.

– Vieläkin ehdit ottaa tirsat, Manu kehotti.

– En halua. Tiedät kyllä, että en osaa nukkua autossa. Minun pitää olla sinun kaverinasi. Onko sinulla nälkä?

– Sinun ei tarvitse varmistaa kaikkea. Ota kerrankin ihan rennosti tai miten rennosti nyt ylipäätään voit tässä tilanteessa. Voisin kyllä ottaa yhden sämpylän vielä, jos niitä on, eikä kahvikaan olisi pahitteeksi, Manu vastasi.

Kaivoin kylmälaukusta sellofaanin pakkaamani sämpylän ja ojensin sen Manulle. Kurkotin jalkatilasta termarin, jonka olin täyttänyt ennen lähtöä kuumalla kahvilla. Manu ei kaivannut maitoa tai sokeria, vaan joi aina kahvinsa mustana. Täytin mukin ja suljin korkin. Pidin mukia kädessäni, kunnes Manu haluaisi ottaa sen itselleen.

– Oletko varma, että jaksat ajaa tänään vielä takaisin kotiin?

– Niinhän me päätettiin. Jaksan minä. Vaihdetaan kuskia, jos en jaksa, Manu sanoi.

– Toivottavasti tänään ei sada lisää lunta.

– Ei pitäisi. Juuri tuossa uutisissa käytiin säätiedot läpi.

– En yhtään kuunnellut. Ihan muissa ajatuksissa, totesin.

– Mitä mietit?

– Lähinnä Alinaa ja hänen elämäänsä ja siinä samalla meidän kaikkien elämää. Täällä touhotetaan, hankitaan ammatti ja työtä ja perhettä ja yritetään rakentaa, sisustaa, ostella kaikenlaista, matkustaa ja sitten yhtenä päivänä kaikki vain jää. Mitä järkeä tässä oikein on?

– Jaa-a. En nyt osaa sanoa. Semmoista ihmisen elämä vain on, Manu vastasi.

– Minusta se on aikamoista tuhlaamista. Tehdäänkö me oikeita asioita tai onko me tehty?

– En minä tiedä. Kai sitä on tehnyt niin kuin on parhaaksi nähnyt, Manu sanoi ja näytti sormellaan, että ojentaisin mukin hänelle.

– Minusta tuntuu, että olisi pitänyt tehdä enemmän tai toisin.

– Sitä ei ainakaan kannata lähteä miettimään, kun taaksepäin ei pääse. Eikä pidä syyllistää itseään mistään valinnoista. Se on ihan ajanhukkaa. Tehty mikä tehty.

– No pakostakin sitä välillä miettii. Etkö sinä koskaan tee niin? kysyin.

– Aika vähän. Oikeastaan olen aika tyytyväinen siihen, mitä on.

– Oon minäkin, mutta siitä huolimatta tuntuu, että olen haaskannut elämääni.

– Esimerkiksi miten? Manu kysyi.

– Olisin voinut opiskella paljon enemmän. Silloin tuntui vaan, että äkkiä paperit ulos, että pääsisi töihin.

– Sä ehdit vieläkin opiskella, jos se harmittaa, Manu totesi.

– En ehdi tai en ainakaan ennen eläkettä. Minun kaikki aika menee työhön. En todellakaan jaksa opiskella työn ohessa.

– No, sitten eläkkeellä tai opintovapaalla. Opintovapaa on työnantajan pakko myöntää kaikille niin kuin tiedät. Ei ole pakko edes valmistua miksikään, kun vaan on opintoviikkoja tarpeeksi.

– Tiedän, mutta ei siitä ole sitten hyötyä enää työelämän kannalta, intin.

– Jos on kuitenkin sulle itelles iloa, niin onko sillä työelämälläkään väliä. Ja voithan sä tehdä töitä eläkkeelläkin, jos haluat.

– En halua. Tai mistä sen tietää vielä. Nyt odotan vain, että pääsisin eläkkeelle. Onko se väärin? kysyin.

– Miten niin väärin? Sinä olet tehnyt töitä, oliko 15-vuotiaasta alkaen tähän päivään? Ja välillä opiskellut, synnyttänyt lapset ja hoitanut ne tolpilleen. Miten se vois olla väärin, että sen urakan jälkeen haluaa eläkkeelle? Manu ihmetteli.

– Joskus sekin tuntuu, että pitäs vaan pidentää työuraa eikä jäädä uuden sukupolven elätettäväksi. Painetta tulee monesta suunnasta. Eläkeläisten määrä on niin iso, että jatkuvasti kannustetaan jatkamaan työuria.

– Paskat niiden painostamisista. Leuka pystyssä vaan eläkeputkeen, kun aika koittaa. Laitatko jonku levyn pyörimään? Jaksa noita mainoksia kuunnella pidempään, Manu tuhahti.

Tutkin hansikaslokeroa. Poimin sieltä tutun levyn, josta tiesin Manun pitävän ja työnsin sen soittimeen. Kohta Juice laulaisi "Ei elämästä selviä hengissä".

– Et voi tulla meille. Minä en saa leikkiä sinun kanssa.

– Mikset saa leikkiä? Leikitkö kuitenkin Kaisan kanssa? Ollaan ennenkin leikitty ja koulussa oltu aina yhdessä. Miksi nyt ei voi olla?

– En tiedä, mutta en leiki enää sun kanssa. Iskä sanoi, että sä olet kommunistikakara.

– Mikä se on?

– En tiedä. Jotain vaarallista. Iskä sanoi, että me ollaan keskustalaisia.

– Mitä ne on? Mitä te sitten teette?

– Ei mitään. Ollaan niin kuin tavallisesti. Isä menee kokoukseen joskus.

– Minunkin isä menee.

– Mutta se menee työväentalolle.

– Joo, siellä on kiva lava, jossa voi esittää näytelmiä tai soittaa, jos osaa. Kerran siellä soitti iso orkesteri. Ja laulajalla oli nätti mekko. Semmonen keltainen, jossa oli leveä, musta kiiltonahkavyö. Ja se hiukset oli laitettu hienosti. Se oli niin kuin lehdissä tai televisiossa.

– Jaa, mistä sä tiedät?

– Olin siellä silloin.

– Oliko siellä vaarallista?

– Eikä ollut. Ihan tavallista. Oon ollut siellä monta kertaa. Joskus siellä saa mehua ja pullaa.

– Ai jaa.

– Mennäänkö käymään pesiskentällä? Mä voin olla lukkari, niin saat lyödä. Ei ole pakko kertoa sun isälle, että olet siellä mun kanssa. Siellä voi olla muitakin. Erkki on siellä varmasti. Sä olet pihkassa siihen.

– Enkä ole. Itse olet.

– Haluaisit varmaan pussailla sen kanssa.

– Yäk. Minä en pussaile poikia.

24

– Mutta kuitenkin tykkäät siitä.

– Joo, vähä.

– Mennäänkö sitten?

– Mennään, mutta mulla on eka lyöntivuoro.

– Sovittu.

Tartuin Anskua kädestä. Hän vetäisi sen nopeasti pois. Kävelimme rinnakkain. Ketään tuttua aikuista ei tullut vastaan matkallamme. Kun lähestyimme pesäpallokenttää, Ansku tarttui käteeni ja lähti juoksemaan. Pysyin helposti hänen vauhdissaan. Kun saavuimme hieman hengästyneinä kentälle, oli joukkueet jo jaettu ja peli alkanut. Erkki vilkaisi meitä, mutta ei sanonut mitään. Jouduimme odottamaan pitkään ennen kuin meidät otettiin peliin mukaan. Ansku pääsi Erkin joukkueeseen. Minut otettiin vastustajan riveihin.

4. luku

Hautajaiset sujuivat niin kuin niitä olisi harjoiteltu viikkoja, jotenkin mekaanisesti ja ilman tyylivirheitä. Hautajaisväkeä oli vähemmän kuin olin ennakkoon kuvitellut. Kappelissa kuului vain muutama vaimea itkuntyrskähdys. Kun ihminen tulee tarpeeksi vanhaksi, ajatellaan, että oli jo aika lähteä. Kuolema hyväksytään. Niin kai pitäisikin, koska kaikki kuolevat joka tapauksessa. Minä olin alkanut kapinoida ajatusta vastaan. Ei tuntunut reilulta, että itsellä ei ollut mitään sanomista syntymisestä tai kuolemasta. Ei sitä kysytä, haluaako tulla tähän maailmaan tai milloin haluaa lähteä. Manu kantoi arkkua sukulaismiesteni kanssa. Alinan puoliso oli kuollut jo kymmeniä vuosia sitten. Haudalla oli tavallisen kylmä. Idästä työntyvä, voimakas viima meni läpi vaatetuksen. Hytisin villakangastakissani ja ohuissa sukkahousuissa. Miksi ihmiset kuolivat aina syksyllä tai sydäntalvella?

Onneksi hautaa ei luotu umpeen, vaan montun päälle asetettiin vihreä kansi, jolle laskettiin hautaseppeleet ja muut kukkalaitteet. Pappi veisautti vielä yhden virren, mutta joutui laulamaan lähes yksin. Muut lähinnä aukoivat suitaan, jos sitäkään. Minullekaan virsi ei ollut tuttu, eikä minulla ollut virsikirja mukana. En edes yrittänyt laulaa.

Siirryimme seurakuntakodille, jossa meitä odotti kuuma lohikeitto ja tuore ruisleipä. Ruoka maistui viluiselle saattoväelle. Kun kaikki olivat ruokailleet, menimme saliin, jossa oli Alinan kuva kynttilöiden ympäröimänä. Kuvan takana kukkamaljakossa oli kimppu valkoisia krysanteemeja. Pappi puhui lisää, taas veisattiin, muutama ystävä kävi pitämässä puheen ja luettiin suruadressit. Minullakin olisi ollut muistoja kerrottavana, mutta en halunnut jakaa niitä hautajaisväelle.

Kun ohjelma oli ohi, pääsimme kahville. Ihmiset alkoivat vapautua seurustelemaan, ja kahvijonosta virisi ilmoille vähitellen voimistuva puheensorina. Istuuduimme kahvikuppeinemme ja kampanisuinemme pöytään. Seuraamme liittyivät Alinan veljenpoika Janne vaimonsa Ninan kanssa. Nina vilkuili jotenkin levottomasti meitä. Muistin Jannen pojankoltiaisena, jolla oli punainen, vallaton hiuskuontalo. Hiusten väriä ihmeteltiin, kun punapäitä ei suvussa ollut aiemmin. Nyt Jannen hiukset eivät enää hehkuneet, vaan ne olivat haalistuneet aivan kuin ne olisivat olleet väärässä pesuohjelmassa. Hänestä oli kasvanut pitkä ja harteikas mies.

– Mukava nähdä sukulaisia. Eihän sitä enää tapaa sukua kuin hautajaisissa. Häitä ei ole ollut vuosiin. Ei ole tainnut olla teidän häiden jälkeen sukuhäitä? kysyin.

– Ehkä ei. Enpä ole ajatellut, Janne vastasi.

– Ei ole ollut kuin meidän kavereiden häitä eikä kaikki kyllä mene enää naimisiin, Nina vastasi.

– Meinaatteko ajella vielä tänään takaisin? Janne kysyi.

– Kyllä me ajetaan, vaikka vuorotellen, jos ei muuten jakseta, vastasin.

– Hyvä ajokeli oli ainakin tullessa. Pimeys tietysti väsyttää, Manu jatkoi.

– Oli hyvä, että tulitte ja Alina sai saattoväkeä, Janne sanoi.

– Tietysti. Me on nämä asiat jo puhuttu valmiiksi Alinan eläessä, sanoin.

– Niinkö? Mitä muuta te olette sopineet? Janne kysyi.

– Miten niin?

– Ajattelin vaan, että onko Alinalla testamentti? Janne kysyi.

– Sitä en tiedä. Raha-asioita emme ole käsitelleet. Ei minulle olisi kuuluneetkaan. Hän oli terävä päästään lähes loppuun saakka eikä tarvinnut apua. Hankala minun olisi tietysti ollut meiltä asti auttaakaan. Puhelimessa tietysti jotakin oisin voinut auttaa, mutta ei tarvinnut, totesin.

– Janne toivoo, että hän perisi tätinsä, Nina sanoi ja punastui kaulaansa myöten.

– Ahaa. Eikö sinun isäsi ole perimysjärjestyksessä ensimmäinen, jos yhtään perintökaarta tunnen. Hän on Alinan ainoa veli.

– On joo, tietysti, mutta jos olisi testamentti, niin perintö olisi mahdollinen minullekin, Janne sanoi.

– Kai nyt isäsi sinulle ja siskollesi antaa joka tapauksessa. Ei kai Alinan perinnöt niin suuret ole. Tai on se kaksio oma kumminkin ja mökki, sanoin.

– Se mökki on pelkkä tönö, ihan laho, ei mitään arvoa. Ihan purkukuntoinen, Janne kiirehti sanomaan.

– No, joka tapauksessa minä en tiedä niistä asioista mitään ja onko edes sopivaa hautajaisissa lähteä laskemaan vainajan omaisuutta, sanoin hivenen närkästyneenä Alinan puolesta.

– Alina-täti nyt ei välittäis vähääkään, vaikka olisi kuulolla, Janne ei kiusaantunut äänensävystäni.

– Meinaatteko jäädä Kuusamoon asumaan? Manu vaihtoi puheenaihetta.

– Hyvin me täällä viihdytään. Tykkään käydä metällä, kummallakin on töitä ja meidän vanhemmat ja kaverit on täällä, Janne sanoi.

– Ei ole kaipuuta etelään?

– Ei ole. Mulle riitti opiskeluvuodet Tampereella.

– Nina, mitä mieltä sinä olet? kysyin.

– Ihan ok. Mulla on nyt oma liiketila tai vuokralla se on, mutta on mukavaa olla oma pomonsa.

– Hienoa! Oispa kiva päästä joskus leikkauttamaan hiukset kampaamossasi, sanoin.

Seuraamme liittyivät myös Jannen vanhemmat ja joku vanhempi mies, joka esittäytyi Alinan naapuriksi. Jannen isä Kaarlo oli isoääninen ja arvonsa tunteva mies. Hän oli äitini serkku. Hänellä oli metallialan yritys, hän oli kaupunginhallituksen puheenjohtaja ja yhden ja toisen yhdistyksen nokkamies. Jannen äiti, Aulikki, puolestaan työskenteli terveyskeskuksessa sairaanhoitajana.

– Niin se tuli Alinallekin lähtö, Kaarlo totesi.

– Onneksi sentään armollinen. Ei tarvinnut laitokseen lähteä, totesin.

– Meillä täällä on hyvä vanhustenhoito ja laitospaikat, ei niitä tarvi ihmisen pelätä, Kaarlo sanoi.

– Jaa-a, se on hyvä asia. Niin paljon saa lukea ja kuulla, miten huonosti vanhuksia kohdellaan ja jätetään oman onnen nojaan, vaikka asuvat laitoksessa. Hoitohenkilökuntaa on liian vähän.

– Se kyllä tunnistetaan terveyskeskuksissakin. Ei vaikka kuinka raataisi, niin ei riitä mikään. Ja jos joku sairastuu, niin se on toisen selkänahasta pois, kun sijaisia ei saa palkata, eikä niitä aina ole edes, mistä ottaisi. En tiedä, miten kauan ihmiset jaksavat hoitotyössä eikä ole alalle imua, Aulikki sanoi.

– Opetuspuolellakin kärsitään liian isosta työkuormasta, sanoin.

– Vaan me yrittäjät päästään helpolla, ei kun kerätään vain rahat asiakkailta pois. On lomaedut ja kaikki kohdallaan, vaan vaikea varmaan vasemmalta ymmärtää yrittäjän ongelmia, Kaarlo hymähteli.

– Semmonen hektinen yhteiskunta me on tehty. Tulosta pitäis tulla joka saralla, sanoi Manu sovittelevasti.

– Sait sitten yrittäjän miniäksikin, sanoin piittaamatta Kaarlon nakkelusta.

– Nina on kova likka tekemään. Varmasti yritys menestyy. Nina valittiin juuri yrittäjien varapuheenjohtajaksi, Kaarlo myhäili ja hymyili Ninalle.

– Onneksi olkoon, sanoin.

– Se on hyvä, että kaikki nuoret eivät karkaa etelää kohti, Manu sanoi.

– On ilman muuta. Ihan elinehto kunnalle kuin kunnalle. Meillä on kyllä kaupungin talouskin vakaalla pohjalla, vaikka investointeja on tehty mittavasti. Turismi tuo hyvin rahaa, Kaarlo totesi.

– Mitä teille kuuluu? Aulikki kysyi ja katsoi minuun.

– Ei kai meille mitään ihmeitä. Töissä sinnitellään ja illat hissutellaan kotosalla. Lapsenlapset tuo tietysti elämää taloon, vastasin.

– Lapsenlapsia mekin odotellaan, Aulikki sanoi ja katsoi merkitsevästi Jannea ja Ninaa.

– Ei tarvi painostaa joka välissä, Janne tiuskaisi.

– En minä nyt pahalla. Tarkoitin vaan, että ilolla odotamme, jos semmonen päivä tulisi.

– Niin ei kai sitä nyt ehdi lapsentekoon, kun pitää saada firma tolpilleen, Kaarlo lisäsi.

– Vieläkö ootte reissanneet? Tehän kävitte yhteen väliin monta kertaa vuodessa reissussa. Meinasitte ostaa lomaosakkeenkin, oliko se nyt Espanjasta vai Italiasta, Aulikki vaihtoi puheenaihetta.

– Ei ole enää niin paljon matkusteltu. Ei kai sitä kehtaa edes, kun pitää ajatella ilmastonmuutostakin, sanoin.

– Ei siinä ole mitään ajattelemista. Se on Suomi niin pieni maa, että oo pierun vertaa väliä, mitä se tekee, kun Kiina päästelee myrkkynsä taivaalle, Kaarlo sanoi.

– Kaarlo, me ollaan hautajaisissa, Aulikki kuiskasi.

– No, ei kai siinä mitään häpeämistä ole, vaikka sanookin pieru. Sehän on vaan luonnollista kaasua, Kaarlo sanoi.

– En nyt halua provosoida, mutta minun mielestä kaikella tekemisellä on väliä, Manu sanoi.

– Suomalaiset on peloteltu jo niin ilmastoasioilla, että eihän ne uskalla enää taloa lämmittää tai ajaa mopolla kylälle ostamaan maitoa, Kaarlo jatkoi.

Alinan naapuri nyökytteli hyväksyvästi ja haukkasi ison palan kampanisusta.

– Me on vähän suunniteltu, että jos laitettais matkailuauto, niin sillä olisi kätevä mennä vaikka Norjaan. Ei vaan tahdo Kaarlo irrota töistä milloinkaan, vaikka eläkeellä pitäisi olla. Jos joskus johonkin päästään lähtemään, niin puhelin soi jatkuvasti, Aulikki sanoi.

– Mekin voitais lainata sitä autoa. Ostakaa vaan, Janne heitti väliin.

– Se olisi kyllä tärkeää, että pääsisi välillä irti töistä, sanoin.

– Joo, opettajilla ne onkin pitkät kesälomat ja joululomat ja hiihtolomat ja kaikki. Kerkiää siinä palautua, Kaarlo sanoi.

– Opetustyö on tosi stressaavaa näinä aikoina. Nuoretkin ovat erilaisia kuin ennen. Niillä on monenlaisia ongelmia, masen-nusta, yksinäisyyttä, joissa pitäs osata auttaa opettamisen lisäksi, sanoin.

– Kyllä se maailma ne opettaa, miten päin puuhun kiivetään, kun ei liikaa hyysätä, Kaarlo sanoi.

Manu kaivoi puvuntakintaskusta kännykän ja vilkaisi sitä.

– Kello on kuule jo melkein kolme. Pitäskö meidän lähteä kotimatkalle? Vai haetko santsikupillisen? Manu kysyi.

– En juo enempää kahvia. On siinä vielä ajamista ennen kuin ollaan kotona. Lähdetään vaan, sanoin ja aloin kerätä astioita pöydästä.

– Siinäpä sitä saa köryytellä. Onko sinulla vielä se vanha diesel? Kaarlo kysyi.

– Sehän se, Manu vastasi.

– Ei ole kyllä mitenkään ympäristöystävällistä ajamista, Kaarlo kuittasi.

– Myönnän, ettei ole. On vain ajateltu, ettei uuttakaan kannata laittaa, kun ei tule kovinkaan paljon ajoa. Meiltä pääsee niin kätevästi junalla moneen suuntaan.

– Jaa, jaa. Eikö ne ole junakyydit aina myöhässä ja jättävät välillekin? Täältä nyt ei junalla mihinkään pääse. Ainakaan vielä. Toisinaan suunnitellaan junaradan rakentamista Kuusamon ja Oulun välille, mutta taitaa jäädä aikomiseksi. Ei edes teiden korjaamiseen ole tarpeeksi rahaa, vaikka hallitus elää yli varojen, Kaarlo sanoi.

– No mutta, eiköhän me tästä sitten, sanoin.

Aulikki nousi pöydästä ja halasi minua nopeasti. Muut seurueesta jäivät istumaan ja jatkoivat kahvitteluaan. Kaarlo nosti kättä hyvästiksi.

– Kiitos, että tulitte, Aulikki sanoi.

– Turvallista matkaa, sanoi Nina.

– Kiitos ja oli mukava nähdä. Hyvää syksyn tai pitäisi kai sanoa jo, että talven jatkoa. Ja poiketkaa kahvilla, jos satutte joskus meillä päin ajelemaan, vastasin.

– Terve vaan kaikille, Manu sanoi.

Otimme kahviastiat pöydästä ja veimme ne keittiölle. Tiskaaja otti ne vastaan. Hänen poskensa helottivat punaisina. Keittiössä oli vielä kuumempi kuin salin puolella. Haimme takit naulakosta, pukeuduimme ja painoimme seurakuntakodin oven kiinni takanamme. Olimme jollain tapaa helpottuneita. Ulkoilma oli raikasta. Oli alkanut sataa hiljalleen lisää lunta.

– Miksi meillä ei ole joulukuusta? Kuulitko, miksi meillä ei ole joulukuusta. Herää, iskä.
– Hmm.
– Sinä nukut koko ajan. Nyt on jouluaatto.
– Niin. Väsyttää.
– Miksi meillä ei ole joulu? Ansku sanoi, että jos on kommunisti, niin ei vietetä joulua.
– Ansku on lapsi, ei se mitään näistä ymmärrä. Älä kuuntele sitä.
– Mutta miksi meillä ei ole joulua?
– Ota Alinan tuomaa ruokaa jääkaapista. Se on meidän jouluruokaa.
– Tuutko syömään mun kanssa?
– En nyt jaksa.
– Pitääkö se ruoka lämmittää? En minä yletä kunnolla.
– Ota jakkara.
– Mitä tässä pullossa on?
– Siihen et koske! Anna olla.
– Tuleeko meille joulupukki? Minä olen ollut kiltti.
– Ei tule.
– Miksi?
– Ei tule. Ota komeron alimmalta hyllyltä muovikassi. Siellä on pari joululahjaa.
– Miksi ne on siellä?
– Laitoin piiloon.
– Joulupukin pitäs tuoda ne.
– Nyt et ala pillittää. Sinä olet jo iso tyttö.
– Haluan, että joulupukki tulee. Haluan!
– Ei tule.
– Miksi sinä itket, iskä?
– Olen vain väsynyt.
– Onko sinulla paha mieli?

– Joo, taitaa olla.

– Miksi? Olenko liian tuhma?

– Ei, ei se ole sinun syysi.

– Anteeksi. Ei haittaa, vaikka joulupukki ei tule.

– Älä nyt sinä itke. Mennään keittiöön. Lämmitän sinulle ruokaa.

– Sinä et pysy pystyssä.

– Pysyn minä. Vähän horjahdin. Kyllä tämä tästä. Mennäänpä nyt.

– Sinun pitää niistää nenä, iskä.

– Niin pitää.

5. luku

Joulukuu ryntäili eteenpäin, tuttuun tapaan niin vauhdilla, että ei ehtinyt joulukalenterin luukkuja availla. Minua lähinnä kauhistutti, miten nopeasti aatto oli edessä. Toisaalta odotin, että voisin päästää irti työasioista ja heittäytyä joululomalle. Pari viikkoa ilman aamuherätyksiä ja kiirettä. Jouluvalmisteluni olivat rempallaan. Olin luvannut, että leipoisin perheen yhteiseen aatonviettoon englantilaista hedelmäkakkua ja muita perinteisiä kahvipöydän herkkuja. Avulias ja ehtivä miniäni oli luvannut hoitaa kaiken muun. Olin kiitollinen. Olimme sopineet, että aattoilta vietettäisiin heidän luonaan. Se sopi meille hyvin. Kun ruokailu, joulupukin visiitti ja muut hulinat olisivat ohi, me voisimme pukea ulkoiluvaatteet yllemme, kävellä kotiin ja nukkua aamulla pitkään. Niin usein haaveilin, vaikka tiesin, että heräisin ennen seitsemää kuten työaamuinakin.

Opiskelijat olivat levottomia ja odottivat tulevaa joululomaa. He eivät enää nuokkuneet kyllästyneinä tai väsyneinä paikoillaan, vaan liikehtivät, plarasivat kännykkää ja mikä parasta, osallistuivat aktiivisesti opetukseen. Se oli kuin viimeinen paraati, jossa haluttiin näyttää, miten paljon ihailtavaa heidän osaamisessaan oli. Vain soittokunta ja ratsut puuttuivat. Joka tapauksessa se piristi minuakin viemään vuoden viimeiset opetustunnit maaliin.

Kerroin opiskelijoille, millaisia itsenäisen opiskelun tehtäviä piti saada aikaiseksi loman aikana. Jokunen heistä nurisi, että ei halua opiskella lomalla. Kun viimein tunnin päätteeksi toivotin hyvät joulut, porukka suorastaan pompahti ylös ja keräsi tavarat nopeasti reppuihin ja häipyi välittömästi. Kaksi naisopiskelijaa toi minulle joulukukan. He toivottivat rauhallista joulua. Kiitin heitä. Joulujuhla oli vietetty yhdistettynä itsenäisyyspäivän juhlaa, joten opiskelijat aloittivat joululomansa suoraan vuoden viimeiseltä oppitunnilta. Suljin tietokoneen, ja nappasin muistitikun taskuuni. Keräsin monisteet ja muutaman kirjan laukkuuni. Otin kukkapaketin mukaani ja sammutin luokan valot. Kun pääsin työhuoneeseeni, jonka jaoin Sinin kanssa, huomasin, että hän oli jo lähtenyt. Työpöydälläni oli Fazerin sininen suklaalevy ja joulukortti Siniltä. Laskin laukkuni ja kukkapaketin lattialle, ja istahdin työpöytäni ääreen. Minun teki mieli nostaa jalat pöydälle, mutta se ei ollut sopivaa, niin tyydyin venyttelemään jalkojani pöydän alla. Ei ollut kiire. Tuntui hyvältä istua hetki työhuoneessa, jonka oven takana ei odottanut yksikään opiskelija.

Otin kännykän laukustani ja tarkistin, oliko kukaan kaivannut minua opetustuntien aikana. Huomasin, että Manu oli yrittänyt soittaa monta kertaa. Soitin hänelle takaisin. Huoli ehti häivähtää mielessä, että oli sattunut jotain ikävää. Helpotuin, kun hän vastasi heti.

– Hei, onko joku hätänä? Oot yrittänyt soitella.

– Ei mitään hätää. Ajattelin vain, että paras saada sinut kiinni jo näin päiväsaikaan, Manu sanoi.

– Miksi?

– Sulle soitettiin jostain kuusamolaisesta lakitoimistosta.

– Miksi ne sinulle soitti? ihmettelin.

– No kun ei ole löytäneet sinun numeroa. Oon sanonut ennenkin, että joskus voi olla haittaa siitä, että sulla on salainen numero. Manu vastasi.

– Se on vain hyvä. Pysyy lomakin paremmin lomana. Ja on minun numero kaikilla minulle tärkeillä ihmisillä tiedossa. Niin mitä hän sanoi? Mitä asiaa hänellä oli?

– En minä tiedä. Ei se mulle mitään kertonut. Antoi sitten numeronsa ja pyysi sinua soittamaan. Se oli nimeltään Pekka Lämsä. Lähetän numeron tekstarina, Manu sanoi.

– Okei. Kiitos. En nyt kyllä ymmärrä, mitä minulla olisi sen kanssa tekemistä, mutta soitan ja kysyn.

– Minulle kyllä tuli heti Alina mieleen, kun kuulin, että Kuusamosta.

– Joo, niinhän se tulee, mutta minä selvitän. En usko, että minulla on ainakaan perinnönjaossa osuutta tai arpaa, mutta jospa siellä on jotain, mitä hän haluaa kysyä minulta, sanoin.

– Mihin aikaan menet kotiin? Manu kysyi.

– Voin lähteä vaikka heti. Tämän vuoden työt on tehty. Hyvä, että valmistuvien juhlakin oli jo kuun alussa, niin ei mikään pidättele. Olisi melko ahdistavaa, jos tässä pitäs nyt ruveta jotain todistuksia väsäämään, vaikka opintosihteeri ne pääasiassa tekeekin tai siis tulostaa ja laittaa kuoriin.

– Soita nyt sinne, Manu muistutti.

– Joo, joo. Teen ruokaa siihen, kun tulet kotiin tai lämmitän, jos jotain entistä löytyy, moikka!

– Moi, Manu sanoi ja lopetti puhelun.

Kun pääsin kotiin, heitin ulkovaatteet huolimattomasti naulakon viereen ja potkin talvikengät jaloistani. Pudotin laukun ja kukkapaketin lattialle. Ehdin ajatella mielessäni, että jos minun elämäni olisi brittisarja, kävelisin valtavaan oleskelutilaan ja kaataisin karahvista itselleni viskipaukun. Olisin ollut sen tarpeessa.

Sen sijaan kävin pesemässä kädet ja laitoin edellispäivänä keitetyn lihasopan liedelle lämpiämään. Katoin astiat pöytään. Leikkasin paksuja ruisviipaleita, jotka asettelin leipäkoriin ja vein pöytään. Otin jääkaapista juuston, maidon ja voirasian. Hämmentelin kuumenevaa keittoa, kun Manu jo tuli.

– Kerro nyt, Manu huikkasi ovesta sisään tultuaan.

– Meepä pesemään kädet ja tuu sitten syömään.

– Kyllä, opettaja, Manu sanoi ja katosi vessaan.

Hän palasi keittiöön ja pyyhki käsiään sivumennen kupeisiinsa.

– Siellä oli pyyhe, sanoin.

Nostin kattilan pöytään ja pyysin Manun syömään.

– Voisitko jo päästää minut uteliaisuudesta, Manu ehdotti.

– Voin, kun nyt istut siinä tukevasti.

– Istun, istun. Tuliko susta nyt perijätär?

– Tuli! Voitko kuvitella? hihkaisin.

– Voin, oikeastaan olin varma, kun sieltä soitettiin. Paljonko? Manu kysyi.

– En minä tiedä, mikä sen arvo on, sanoin.

– Minkä arvo?

– Sen kesämökin, vastasin.

– Jättikö Alina sinulle kesämökin?

– No jätti! Olen todella hämmästynyt. Arvaat kyllä, mikä riita tästä tulee sukulaisten kanssa. En minä taida ottaa koko perintöä. Siitä voi kieltäytyä. Mitä me sillä tehtäis ja joutuisin maksamaan veroja?

– Otat tietysti. Se on Alinan tahto. On nätti paikka. Upea järvi ja kaikki, Manu sanoi.

– On toki, Kurkijärven rannalla, mutta mökki itsessään on aika vaatimaton, pieni lautarakennus.

– Harmi, että on talvi. Olis voitu käydä siellä katsomassa.

– Ei sinne nyt kannata edes yrittää. Varmaan puoli metriä luntakin jo. Ja mökkitie auraamatta. Ei sinne pääse ennen kevättä, sanoin.

– Jos rakennetaan sinne uusi mökki, semmoinen talviasuttava, niin voidaan viettää rauhallisia eläkepäiviä siellä, Manu ehdotti.

– Millä rahalla? Miten paljon lie perintöverotkin?

– Rahaa saa pankista. Meillä ei ole entistä velkaa, niin kyllä meille laina myönnetään. Aina on hoidettu asiamme, Manu sanoi.

– Sinä olet aika nopea päätöksissäsi, totesin.

– Pakko olla, ei tässä iäti eletä. Olen aina halunnut oman kesämökin, Manu paljasti.

– Oho! Aika vähän olet toiveestasi puhunut.

– Totta. En ole viitsinyt, kun tiedän, ettet ole mikään mökki-ihminen, Manu sanoi.

– Pitää nyt rauhassa miettiä koko kuvioita. Ihmettelen, ettei sieltä ole minulle jo soiteltu, siis perikunta, jota testamentti varmasti kiehuttaa, sanoin.

– Jos ne ehdottavat, että myisit paikan heille, niin tekisitkö kaupat? Manu halusi tietää.

– En minä tiedä. Olen elänyt asian kanssa vajaa kaksi tuntia, niin en nyt oikein osaa suhtautua koko uutispommiin. Ärsyttää jo, kun siellä nyt varmaan kuvitellaan, että olen rahan takia pitänyt yhteyttä Alinaan, sanoin.

–Jospa ne ei ajattele niin. Jää niille siinä vielä ainakin asunto-osake jaettavaksi. Eikä se Kaarlo mitään tarvikaan, Manu naurahti.

– Lämsä sanoi, että lähettää minulle paperit postitse, mutta halusi nyt kuitenkin soittaa, kun joulupostin takia voi tulla viivästyksiä postin saapumisessa. On tämä aikamoinen joululahja! Vaikka ei ole usein käyty Alinan mökillä, niin muistan kyllä, miten kaunis paikka se on, selitin.

– Ei siitä nyt niin kauan ole. Pari vuotta ehkä. Etkö muista, kun hillareissulla poikettiin kahvilla siellä?

– Totta. Niinhän se oli. Siinä kuistilla istuttiin.

– Sinne pitää rakentaa uusi mökki. Ajattele, miten mukava sinne olisi mennä tyttöjen kanssa, uida, retkeillä ja kalastella, Manu sanoi.

– Sen pitäs tosiaan olla talviasuttava, aloin hieman lämmetä ajatukselle.

– Tietysti. Ajattelepas tähtikirkkaita pakkasöitä ja tykkylumipuita. Hyviä hiihtolatuja ja kuumaa kupposta takkatulen äärellä. Ja revontulia!

– Aikamoista mielikuvamarkkinointia! naurahdin.

– Hieman ajattelin yrittää, että et nyt suorilta luopuis paikasta, jonka Alina halusi jättää juuri sinulle.

– Kyllä sitä ehdin jo miettiä, että miksi minulle. Joku syy siinä täytyy olla. Me asutaan niin kaukanakin, että olisi siellä eri helppoa Kaarlon jälkeläisineen pyöriä.

– Niin tai sitten Alina halusi ilahduttaa sinua ja näki, että sinä olet oikea asukas sinne. Paljon sinä ehdit purkaa työstressiäsi hänen kanssaan puhuessa, Manu sanoi.

– No, niinpä. Ei tätä nyt hetkessä saa päätetyksi, mitä tekee.

Manu keräsi astiat tiskipöydälle odottamaan tiskikoneeseen laittamista. Hän otti puhelimen taskustaan ja plarasi sitä.

– Tässä, hän sanoi ja ojensi puhelimen näyttöä minua kohti ja osoitti ruudulla olevaa kuvaa.

– Ai niinpä onkin.

– Ja tässä vielä yksi, Manu sanoi.

– Onpa kiva, että sinulla on tallessa nämä kuvat. En olisi noin tarkkaan muistanut mökkiä enkä kyllä rantaakaan. Laituri näyttäis olevan uusimisen tarpeessa. Ja Alina siinä vielä niin terveenä.

– Tuon vanhan mökin voisi jättää vierasmajaksi tai ei se ole paljon mökkikään. Yksi huone, ei keittiötä tai saunaa.

41

– Alina ei välittänyt saunomisesta, vaikka oli innokas uimari, totesin.

– Mutta tontti on iso ja muita mökkiläisiä ei ole rajana-apureinakaan, Manu sanoi.

– Harmi, ettei sinne pääse näin talvella, totesin.

– Ei pääse, ei. Mökin rakentamista voi siitä huolimatta suunnitella.

– Sulle olis pettymys, jos päättäisin luopua siitä. Mutta katotaan nyt, miten kamalan isot perintöverot siitä pitää maksaa.

– Rakennuksen arvo on mitätön, mutta kyllä tuommonen tontti sen parikymmentä tuhatta maksaa tai enemmän. Onkohan siinä vesi- ja sähköliittymät? Manu mietti.

– Vettä ei tuu. Alina vei juomaveden kanistereilla. Sähköäkään ei taida olla, kun kaasullahan siellä keitettiin.

– No, siinä on vireä kylä, niin ne varmaan saa eikä tarvitse kovin kaukaa tuoda, kun se lienee rantakaava-aluetta, Manu pohti.

– En tiedä. Pitää ottaa selvää. Vuodenvaihteessa ei saa ketään virkamiehiä kiinni, mutta toisaalta pitäs tässä nyt saada viralliset paperit ennen kuin alkaa mihinkään soittelemaan.

– Onko siellä ollut jo perunkirjoitus? Manu kysyi.

– En tiedä sitäkään. Miten nämä asiat oikein menee, kun on testamentti? Tai ehkä testamentti koskee vain mökkiä ja loppu menee lähisuvun jaettavaksi.

Kännykkäni soi jossain. Muistin, että se oli jäänyt toppatakin taskuun ja kävelin naulakolle. Poimin puhelimen käteeni. Vilkaisin näyttöä ja sanoin ääneen Manulle ennen kuin vastasin:

– Se on Kaarlo. Voihan paska.

– Hei Kaarlo, sanoin puhelimeen.

– Terve, terve. Arvaat varmaan, miksi soitan ja menenkin suoraan asiaan. Sinulle soitettiin tänään Lämsältä, Kaarlo aloitti.

– Soitettiin, vastasin hänelle.

– Mitä meinaat tehdä? Kaarlo kysyi.

– En minä tiedä. Oli niin yllätys.

– Jaa, minä arvelin, että olette Alinan kanssa tämän asian sopineet jo ennakkoon, Kaarlo sanoi.

– Ei todellakaan. Ei ole puhuttu hänen omaisuudestaan, kiistin Kaarlon kommentin.

– Kyllä kieltämättä outoa on, että hän jätti kesäpaikan sinulle, joka et ole perintökaaren mukaan prioriteettilistan kärjessä, Kaarlo sanoi.

– Tiedän. En osaa sanoa, miksi hän näin päätti.

– Jaa, jaa. No tuskin kuitenkaan olet innostunut pitämään paikkaa, kun asutte niin kaukana täältä. Ja ette ole muutenkaan mökki-ihmisiä. Kiinnostaa ulkomaat enemmän, Kaarlo totesi.

– Ei ole ehditty juuri puhua asiasta. Tai tuossa ruokaillessa vähän.

– Mitä Manu sanoo? Kaarlo kysyi.

– Itse asiassa Manun mielestä voisimme rakentaa sinne uuden mökin. Hän innostui kovasti ajatuksesta, sanoin.

– Mitä? Kaarlo tokaisi.

– Niin että se vanhakin jäisi silti pihapiiriin.

– Ette kai nyt semmosta riesaa ota itsellenne. Siitä mökistä tulee kustannuksia ympäri vuoden, kun ottaa huomioon lämmityksen, kiinteistöveron, vakuutukset, lumityöt, Kaarlo luetteli.

– Niin varmasti tulee. Ei ole tosiaan ehditty laskea ja miettiä mitään. Ei siitä ole kuin pari tuntia, kun Lämsä soitti.

– Sitähän minäkin, että jos vaan myyt, niin myyt mulle. Pysyy paikka suvussa, Kaarlo jatkoi.

– Joo, en nyt osaa vielä sanoa oikein mitään, mitä teen asian kanssa, toistin itseäni kuin hyvin treenattu papukaija.

– Minä sanoin Aulikille ja pojalle, että kyllä me tästä sopuun päästään sinun kanssa, vaikka Alina nyt järjesti mutkan matkaan. Mikä lie siinä tullutkin. Ja siitä minulle tuli mieleen, että ootte sopineet keskenänne.

– Mitään ei ole sovittu, mutta en nyt mitään vielä lupaakaan, koska en ole saanut papereita perinnöstäni, sanoin.

– Niin sinulle tulee tietysti perintövero. Ja sen lisäksi myyntivoittovero, jos myyt sen. Mutta jäähän siitä nyt muutama tuhat kukkaroonkin. Mökki ei ole minkään arvoinen, mutta tontista tarjoan kaupungin neliöhinnan mukaan, Kaarlo selitti.

– Eikö kaupungin maksama hinta ole yleensä tavallista markkinahintaa matalampi?

– Tietysti, mutta kelpo hinta se on. Paikka on kaukana Rukalta. Mökki on laho tönö, ja kylällä ei ole edes kauppaa. Ja moottorirata, siitä tulee meluhaittaa. Sähkö- ja vesiliittymät pitää hankkia. Se on meille likietuinen paikka. Teillä on niin pitkä matka, että mökkireissu hupenee autossa istuessa, kun siirrytte paikasta toiseen, Kaarlo sanoi.

– Eikö teillä enää ole mökkiä Muojärvellä? kysyin.

– On tietysti, mutta Janne tässä tarvis oman mökin. Me rakennettiin omalle tontille viime kesänä iso pihasauna-rakennuskin.

– Ahaa, sanoin, kun en muuta osannut.

– Niin sanoin, että soitan heti sulle, ku oli poika aika käärmeissään kuulleessaan testamentista. Se luotti, että paikka tulee meille, Kaarlo jatkoi.

– Niin varmaan. Ymmärrän. Jotain kyselikin hautajaisissa, mutta en silloin tiennyt asiasta mitään kuten ei varmaan muutkaan, sanoin.

– Siitäpä tiedät, että hän haluaa tosissaan paikan. Siellä on oma metsästysseura ja järvi on kalainen. Kaupungin parhaat siiat sieltä saa.

– Aivan.

– Sinä varmaan ilmoittelet meille, mihin päätökseen tulet ja mahdollisimman pian tietysti, että Janne saa rakennus-lupahakemukset ja muut vetämään. Pääsevät rakentamaan loppukesästä viimeistään.

– Toki, mutta ottakaa nyt huomioon, että en ole ollenkaan varma myymisestä tai että teenkö asialle mitään vielä. Minä voin pitää paikan sellaisenaan ja käydä siellä kesällä ja päättää vasta sitten, sanoin.

– Verot lankeaa heti maksettavaksi, joten rahaa tarvitset, Kaarlo muistutti.

– En ole siitä huolissani.

– Kumma homma, en arvannut, että sinua kiinnostaa ottaa paikka kontollesi, Kaarlo totesi.

– Onko se muuten rantakaava-aluetta? kysyin.

– On tietysti. Eihän siellä niin paljon ole mökkiläisiä kuin Rukalla tai Kitkalla, mutta kaavoitettu on, Kaarlo tuhahti.

– Hyvä tietää.

–Mutta pitemmittä lätinöittä voidaan varmaan lopetella, vai mitä? Sinä soittelet heti, kun paperihommat on selvät ja oot myymässä eli se on moro? Kaarlo varmisti.

– Minä ilmoitan, mitä tehdään. Kerro Aulikille terveisiä, sanoin ja lopetin puhelun

6. luku

Joulu ja joululoma etenivät entiseen malliin. Oli aikaa yhdessäoloon, mutta oli aikaa myös levätä ja vetäytyä omaan rauhaan. Oli myös päiviä, jolloin nukuin enemmän kuin olin hereillä. En kuitenkaan päässyt eroon väsymyksestä, joka painoi kuin olisin kannatellut harteillani kivitaloa. Manun loma ei ollut yhtä pitkä kuin minun. Hän aloitti työt jo uudenvuoden jälkeen. Keskustelimme lähes päivittäin, mitä tekisimme Alinan jättämän perinnön kanssa. En ollut varma, mitä halusin. Sen verran olin kuitenkin päättänyt, että en myisi kesäpaikkaa heti kenellekään. Odotin lakitoimiston papereita, ja olin valmis maksamaan perintöä koskevat verot. Perunkirjoitus pidettäisiin heti tammikuun alkupuolella. Olin päättänyt olla osallistumatta. Kaarlo oli jättänyt minut rauhaan joulun ajaksi, mutta aavistin, että kun pyhät olisivat ohi, niin hän palaisi asiaan. Olisi parempi soitella itse, mutta minua ei huvittanut.

Minusta tuntui, että en jaksaisi palata töihin loman jälkeen. Manu oli toista maata. Hän painoi menemään aamusta iltaan ja valitti vain harvoin olevansa uupunut. Minua hävetti oma ruikutukseni. En vain jaksanut ajatellakaan sitä kaikkea, mikä oli odottamassa loman jälkeen. Selitin itselleni, että samat työt oli tehty vuodesta toiseen ja osaisin ne kyllä. Siitä huolimatta ajatuskin töihin paluusta kiristi takaraivoa ja väijyi edessä kuin vuori, jota ei voisi ohittaa.

Kun juttelin miniän kanssa työhaluttomuudestani, hän oli vähän hämmästynyt. Hän myönsi, että oli havainnut jotain merkkejä väsymyksestäni. Hän oli ajatellut, että se oli vain iän ja työn aiheuttamaa tavallista väsymistä. Hän kehotti ottamaan yhteyttä työterveyshuoltoon. Minusta ajatus tuntui mahdottomalta, että menisin ja valittaisin vieraalle ihmiselle, että en enää jaksa. Korkeintaan verikokeessa voisin käydä ja tarkistuttaa hemoglobiinin. Olin opetellut jaksamaan lapsesta saakka. Kasvoin ainoana lapsena ilman sisaruksia. Perhekin oli vain puolikas, joten minun piti huolehtia monesta asiasta kotona jo alle murrosikäisenä. Sama jatkui, kun asuin opiskelija-asunnossa muutaman muun opiskelijan kanssa. Minä olin se, joka huolehti, että yhteisessä jääkaapissa oli ruokaa, vuokra maksettiin ajallaan ja vippasi rahaa muille, jotka olivat jo ehtineet tuhlata opintolainansa.

Kun omat lapset olivat pieniä, olin varsinainen kanaemo, joka ei hellittänyt vielä silloinkaan, kun toisella lapsella kasvoi jo parta. Sama huolenpito kohdistui lapsenlapsiini ja opiskelijoihini. En osannut lopettaa, vaikka tiesin, että koko maailma ei ollut minun harteillani.

Manun kanssa olimme keskustelleet aiheesta. Hän ymmärsi minua, mutta ei osannut muuta kuin kuunnella. En uskonut, että kukaan voisi auttaa minua, sillä ongelma oli minun. Niinpä minun pitäisi ratkaista, miten saisin elämäniloni takaisin. Ei riittänyt, että söin terveellisesti, nukuin lähes tarpeeksi ja liikuin ulkona päivittäin. Mikään ei riittänyt, vaikka minulla oli periaatteessa kaikki hyvin. Oli rakastava puoliso, koti, perhe, työ ja terveyttäkin. Kaipasin entistä itseäni. Innostunutta, aktiivista, nauttivaa ja nauravaa naista, jollainen olin ollut joskus. Olin kadottanut hänet, itseni.

Puhelimen vaativa pirinä keskeytti synkät, moneen kertaan vatvomani ajatukset. Onneksi puhelin oli olohousujen taskussa, niin ei tarvinnut nousta sohvalta, jossa makoilin vilttiin kääriytyneenä alennussuklaarasia vieressäni. Vastasin puhelimeen pelkällä etunimellä katsomatta edes soittajaa.

– Janne tässä terve ja hyvää uutta vuotta.

– Hei Janne. Hyvää uutta vuotta.

– Tiedät varmaan asiani, kun isä sanoi soittaneensa sinulle ennen joulua.

– Niin, siitä Alinan perinnöstä, sanoin.

– Aivan. Ja isä kertoi sinulle, että haluan ostaa paikan, kun se nyt näin testamentin takia meni sivu suun. Oletin, että se jää meille.

– Kertoi, kertoi, vastasin.

– Niin, että aiotko myydä sen minulle?

– En aio tai ei tämä ole mitenkään henkilökohtaista. Myisin luonnollisesti sinulle, jos myisin sen, mutta olen päättänyt pitää sen itselläni.

– No voihan helvetti, Janne kirosi.

– Olen pahoillani.

– Jos olisit, niin ottaisit huomioon, miten paljon haluan paikan itselleni.

– Olen oikeasti pahoillani, mutta haluan pitää paikan, sanoin rauhallisesti.

– Mitä te sillä teette? Saatte mökkitontteja lähempääkin. Kalajokikin on siellä lähellä, Janne sanoi.

– Niin, myönnän, että se on aika hullua, mutta tässä vaiheessa haluan vain pitää paikan itselläni. Voi olla, että emme rakenna sinne tai edes käy siellä usein. Matka on pitkä kuten sanoit, mutta siitä huolimatta annan nyt ajan kulua ennen kuin teen päätöksiä. Jos sinulla on kiire rakentaa oma mökki, niin siinä tapauksessa kannattaa varmasti alkaa tutkia tonttimarkkinoita, ehdotin.

– Kaava-alueen tontit ovat sikakalliita. Ei meillä ole nyt vara, kun Ninakin perusti juuri kampaamonsa ja joutui tekemään investointeja siihen, Janne kiihtyi.

– Ikävä juttu, mutta olette nuoria. Kyllä te vielä ehditte ja onhan teidän mahdollista käydä Muojärven mökillä.

– Se on isän ja äitin mökki. Voidaan käydä joo, mutta me halutaan kutsua omia kavereita ja elää omaa elämää muutenkin.

– Ymmärrän.

– Paskat ymmärrä. Olet itsekäs ihminen. Miten huijasit Alinan tekemään testamentin? Janne sanoi isoon ääneen.

– Tuo on liian paksua. On parempi, ettei jatketa tätä keskustelua tällä erää pidempään, sanoin.

– Ei tietenkään, kun et kestä totuutta.

– Nyt lopetetaan. Jatketaan joskus, kun olet rauhallisempi, sanoin.

Kuulin, miten Janne kirosi puhelimeen, mutta puhui sitten ohi puhelimesta. Arvasin, että Nina oli hänen lähellään. Jäin odottamaan, koska en yleensä lyönyt luuria toisen korvaan suuttuneenakaan.

– Nina, tässä moi.

– No hei, sanoin.

– Janne lähti pihalle jäähdyttelemään, ja pyysin puhelimen häneltä. Kuulin, mitä hän sanoi ja pyydän anteeksi hänen käytöstään, Nina sanoi vaisusti.

– Ei mitään. Tämä on kiusallinen tilanne, kun toivoitte saavanne mökkitontin ja se annettiinkin minulle, enkä ole myymässä paikkaa.

– Joo, Jannella ottaa se lujille. Minulla ei ole niin kiirettä saada mökkiä. Mun vanhemmillakin on kesämökki Kitkalla.

– Aivan. Kiva kuulla, että en tuottanut sinulle pettymystä.

Voi olla, että myöhemmin myyn kesäpaikan, mutta se ei vaan juuri nyt tuntunut hyvältä idealta. Olen miettinyt asiaa viikkoja.

– Janne pääsee asiasta yli aikanaan. Näin meidän kesken sanottuna Kaarlo on kovasti kehottanut Jannea rakentamaan oma mökki. Ehkä se on joku statusjuttu tai en tiedä. Ei me ainakaan ole vaadittu liikaa mökkivuoroja Muojärvelle.

– Niin, en osaa sanoa tuohon mitään. Mutta olen pahoillani, että minusta ei ole nyt myyjäksi.

– Ymmärrän, Nina sanoi.

– Onko sinulla ollut kampaamoasiakkaita? Onko yritys lähtenyt pyörimään hyvin? kysyin.

– Ihan kivasti on lähtenyt, vaikka täällä useita saman alan yrittäjiä. Tietysti menee jonkun aikaa, että saa vakiasiakaskunnan, Nina totesi.

– Niinpä, mutta hiukset kasvaa melkein kaikilla kaupunkilaisilla, joten palveluja tarvitaan. Niin ja vielä turistit ja mökkiläiset lisäksi. Kai hekin käyttävät kampaamopalvelua.

– Käyttää. Tässä vuodenvaihteessa puhuin melkein enemmän englantia asiakkaiden kanssa kuin suomea, Nina naurahti.

– Voi miten mukavaa. Se olis niin tärkeää kielitaidon kannalta, että voisi puhua opiskelemiaan kieliä. Kielitaito rapistuu niin nopeasti, ja sanat unohtuvat, sanoin.

– Joo, se tekee työpäivistäkin vähän erilaisia, kun muistelee, miten ilmaisee itseään muulla kuin äidinkielellä ja muutenkin. Asiakkaiden hiustoiveet voivat olla rohkeampia kuin kuusa-molaisten. Aika usein saa tehdä värjäyksiä ja myös hiustenpidennyksiä, Nina sanoi.

– Niin varmaan. Mutta jos nyt vielä tästä perintöasiasta sen verran, että jos joskus myyn paikan, niin tarjoan sitä ensimmäiseksi teille. Sanoin samaa Jannellekin.

– Kiitos, kiva kuulla. Taidan lähteä nyt tuonne pihalle hakemaan Jannen sisälle. Kyllä se siitä leppyy. Se vain vie jonkun aikaa, Nina vastasi.

– Lopetellaanpa sitten. Ei muuta kuin hyvää alkanutta vuotta teille kummallekin.

– Juu, hyvää uutta vuotta ja heippa, Nina sanoi ja sulki puhelimen.

Manu kolisteli eteisessä. Hän oli ilmeisesti saanut lumityöt tehdyksi. Hän ilmestyi olohuoneen ovensuuhun posket viiman värittäminä. Lunta oli tarttunut lahkeisiin. Manu ei ollut muistanut puhdistaa niitä sisään tullessaan.

– Janne soitti ja sillä meni hermot, kun sanoin, että en myy tonttia hänelle, sanoin.

– Hemmetti, arvasin kyllä, että sieltä tulee noottia.

– Minua harmittaa. Taitaa mennä välit pienen suvun kanssa. Kyllähän ne suolaa minua kaikille tutuilleen.

– Jos et välittäis koko asiasta. Annat niiden nyt vaan rauhassa hautoa asiaa. Ja muutenkin. Kaukana he asuvat joka tapauksessa, eikä olla usein tekemisissä, Manu sanoi.

– Toki, toki. Harmittaa se siitä huolimatta. En mitenkään nauti tästä tilanteesta. Ikävää joutua napit vastakkain. Janne olisi niin halunnut ostaa paikan itselleen. Se lähti kesken puhelun pihalle jäähdyttelemään. Nina sanoi sitten, että Kaarlo on patistellut Jannea mökkiasiassa.

– Pidä nyt vain pääsi, ja annetaan ajan kulua. Jos nyt tapahtui jotain peruuttamatonta, niin ei sille voi mitään. Niiden pitää ymmärtää, että se ei ole mikään heitä vastaan tehty ratkaisu, vaan olisit toiminut samalla tavalla muiden ostajatarjokkaiden kanssa, eikö? Manu sanoi.

– Ilman muuta. Sanoinkin, että jos myyn, niin heille ensimmäisenä. Pitäskö minun käydä lääkärissä?

– Jaa-a, minkä takia? En nyt pysy kärryillä, Manu hämmästeli.

– Aina väsyttää, vaikka nukkuisin vuorokaudet ympäriinsä, olisin edelleen väsynyt, sanoin.

– Jos uskot, että siitä on apua, niin käy ihmeessä. Ei iso vaiva ole käydä, Manu kehotti.

– Mutta kun en halua mitään muuta kuin tämän väsymyksen pois. En mitään lääkkeitä ja mitä muuta ne voi siellä tehdä. Ei mitään. En minä ehkä sittenkään tilaa aikaa.

– Ei siitä nyt varmasti mitään haittaakaan ole, jos käyt. Sinä sen joka tapauksessa päätät, mitä suuhusi laitat. Jos et saa tarpeeksi rautaa? Manu ehdotti.

– Se on tietysti mahdollista. Nykyään keskustellaan paljon rautavarastosta, joka voi olla huono, vaikka hemoglobiini olisi hyvä. Pitääpä miettiä vielä tai ehkä soitan työterveyshoitajalle, vastasin.

Manu katosi ovelta. Kuulin, että riisui ulkovaatteitaan naulakon luona. Työnsin viltin sivuun ja nousin sohvalta. Kävelin keittiöön, ja laitoin valmiiksi ladatun kahvikeittimen tippumaan.

– Tässä on Olga. Riitta, tule tervehtimään.

– Hei Riitta.

– Olga puhuu aika hyvin suomea. Uskon, että teistä tulee hyvä tiimi.

– Hei Olga. Heti varmasti tulee.

– Juodaan nyt kahvia ja tutustutaan.

– Aina te kaksia?

– Kaksin, kaksin. Ei suomeksi sanota kaksia.

– Voisit olla ystävällisempi Olgalle.

– Minäkö? Minähän vain sanoin, että ei voi sanoa kaksia, vaan pitää sanoa kaksin. Pitää osata suomea, jos meinaa asua Suomessa. Minä vain neuvoin.

– Minä asua Suomi jo monta vuotta.

– Kiinnostavaa. Miksi muutit tänne? Etkö olekaan kunnon toveri? Eikö suuri ja mahtava Neuvostoliitto olekaan sun unelmien maa?

– Nyt olet ihmisiksi. Anteeksi Olga. Suomessa nuoret ovat joskus nenäkkäitä.

– Nenäkä. Mikä se on?

– Miten sen nyt selittäisi. Nokkelia ja haluavat oikaista vanhempiansa tai muiden ihmisten puhetta ja mielipiteitä.

– Ai se on.

– Meinaatteko nyt ruveta asumaan yhdessä? Täällä meillä? Minä en tarvi mitään äitipuolta. Saatte olla ihan kaksia.

– Älä mene asioiden edelle. Ja yritä nyt edes vähän käyttäytyä.

– Tiedän sitten ruveta etsimään kämppää jostain.

– Sinä et ole vielä rippikoulua käynyt, niin millä rahalla ajattelit kämpän vuokrata.

– En tiedä. Jollakin opintotuella tai jollain.

– Ei tarvi muuttaa kotoa mihinkään. Älä nyt ole lapsellinen. Eikä muuten sinun ikäiset saa vielä opintukea. Tiedoksi vain, vaikka ehdotuksesi ei ole muutenkaan realistinen.

– Mitäpä jos minun mielestä tarvii muuttaa. Pitää etsiä joku poikaystävä, joka majoittaa minut.

– Voidaanko keskustella joskus myöhemmin tästä aiheesta?

– Keskustellaanko yhtä paljon kuin siitä, että sinä roudaat vieraan ihmisen kotiimme ja luulet, että minä haluan jonku äitipuolen tämän ikäisenä? Häh?

– Olga, olen pahoillani. Oikeasti tyttäreni fiksu ja mukava.

– Minä ymmärä.

– Joko voin lähteä?

– Nyt juodaan kahvit yhdessä. Ehdit kyllä kavereille myöhemmin.

– Minä en halua jäädä yhtään pitempään.

– Olga, tuletko istumaan tänne minun viereeni.

– Tosi söpöä!

– Jos nyt hakisit kahvin pöytään, Riitta. Kiitos ja hopi hopi.

– Minäpä haen – tämän kerran.

7. luku

Istuin työterveyshuollon käytävällä odottamassa vuoroani. Minua hermostutti ja teki mieli lähteä pois. Aikani olisi pitänyt olla jo varttitunti sitten. Ovi kolahti ja käytävään tuli puolituttu kirjastonhoitaja, joka nyökkäsi nopeasti ohittaessaan minut, mutta ei jäänyt juttelemaan. Kului vielä viisi minuuttia lisää, kunnes työterveyshoitaja kurkisti käytävään ja huikkasi nimeni. Nousin tuoliltani, ja seurasin häntä huoneeseen.

– No niin. Anteeksi, että aikasi on myöhässä. Minun nimeni on Anne Saarela. Ole hyvä, käy istumaan.

– Kiitos.

– Millaista asiaa sinulla on?

– Ei nyt mitään akuuttia, mutta olen kärsinyt koko syksyn väsymyksestä, joka ei lähde nukkumallakaan.

– Aivan. Kertyykö nukkumistunteja riittävästi?

– Aika usein sellaiset seitsemän tuntia.

– Ja syöt ja liikut säännöllisesti?

– Kyllä olen yrittänyt pitää huolta ruokavaliosta ja pyöräilen tai kävelen työmatkani.

– Entäs hemoglobiini? Milloin se on tarkistettu viimeksi? Hetkinen, tarkistan koneelta. Viimeksi se on ollut 134 eli ihan hyvä. Tosin tämä on jo vuoden vanha tulos. Kuorsaatko?

– En tiedä, en kai kovinkaan usein. Ei ainakaan puoliso ole valittanut, vastasin.

– Sitten ei uniapneatutkimus liene tarpeen.

– Eikö se ole enemmän miesten sairaus?

– Kyllä naisetkin voi sitä sairastaa. Ehkä miesten kohdalla se tulee ilmi useammin. En osaa sanoa, onko asiaa tutkittu sukupuolijakauman suhteen. Onko sinulla jotain huolia tai työuupumusta? Opetustyössä ei ilmeisesti pääse kovin helpolla? Saarela jatkoi.

– Niin, voi olla tai oikeastaan minua väsyttää kaikki elämässä. Olen kadottanut ilon, vaikka kaikki on hyvin.

– Vaihdevuosien hormoniheittely voi aiheuttaa myös tämän tyyppisiä oireita, Saarela selitti.

– Minusta tuntuu, että varsinaisesti vaihdevuodet ovat jo reilusti takana päin ja silloin olin pirteämpi kuin nyt, sanoin.

– Onko parisuhde kunnossa? Onko sinulla ystäviä?

– On ja on. Kuten sanoin kaiken pitäisi olla periaatteessa kunnossa, mutta kun ei vain sytytä mikään.

– Entä onko sinulla mukavia harrastuksia? Anne Saarela jatkoi.

– Jotain pientä. Lueskelen ja ulkoilen, mutta ei siis mitään sellaista harrastuspiiriä kodin ulkopuolella.

– Etkä ole huomannut mitään poikkeavaa fysiikassasi, kipuja tai muuta oireilua?

–En, ei ole mitään outoa, vahvistin.

– Onko jotain asioita, joita en osannut kysyä? Onko joku asia, joka painaa sinua? Joskus vanhatkin asiat voivat nousta pintaan ja aiheuttaa ahdistusta, jos niitä ei pääse purkamaan, Saarela halusi tietää.

– Ei minulla ole mitään sellaista.

– Aivan. Kovin vaikea on tältä istumalta sanoa, mistä on kyse, joten lähdetään tutkimaan asiaa. Laitan sinulle lähetteen labraan. Otetaan hemoglobiini uudestaan, tarkistetaan kilpirauhasarvot, ferritiini voitaisiin tarkistaa myös, veren sokeri ja vitamiiniarvot. Näitä kaikkia ei usein katsota, mutta mielestäni nyt on lähdettävä purkamaan asiaasi selvittämällä, että perusasiat ovat kunnossa. Tilaatko itse ajan laboratorioon vai teenkö sen tässä heti? Saarela kysyi.

– Parempi kun katson työkalenterini ja tilaan itse sen mukaan kuin pääsen.

– Haluaisitko jutella lääkärin kanssa asiasta?

– En nyt vielä ainakaan. Katsotaan, mitä labrat sanovat.

– Miten pitkään olet tehnyt opetustyötä? Saarela kysyi.

– En nyt tarkalleen muista, on kai siinä mennyt 30 vuotta.

– Se on pitkä aika samassa työssä.

– On toki, mutta olen pitänyt työstäni, ainakin tähän syksyyn saakka, sanoin.

– Onko teillä ollut töissä jotain muutoksia, joka vaikuttaisi suhtautumiseesi työhösi?

– Meillä on töissä koko ajan joku myllerrys päällä.

– Voiko niihin asioihin vaikuttaa? Saarela kysyi.

– Ei oikeastaan.

– Miksi ei?

– Koska muutokset eivät ole useinkaan oppilaitoksen sisältä lähteviä, vaan ne on valtakunnallisia, lakisääteisiä ja muuta vastaavaa, selitin.

– Toimiiko työyhteisö? Miten siellä yleensä ihmiset jaksavat muutosten kanssa?

– Työyhteisö toimii ihan hyvin. Ei minulla ole ongelmia työkavereiden tai opiskelijoidenkaan kanssa, siis mitään sellaista jatkuvaa, joka jäytäisi päivästä toiseen. Mutta kyllä moni muukin sanoo, että ei jaksaisi enää yhtään uudistusta, ja haluaisi keskittyä opetustyöhön ja opetuksen sisältöjen päivittämiseen.

– Se on positiivista, että olette samassa veneessä, mutta tietysti ongelmallista on se, jos useimmat eivät voi hyvin, Saarela sanoi.

– Niin kuten jo sanoin, niin minulla ei ole mitään syytä olla näin kyllästynyt.

– Nyt sanoit sanan kyllästynyt. Se voi olla avain. Elämästä voi tulla liian rutiininomaista ja toisaalta voi tuntua, että kaikki tärkeä on takana. Sinullakin on ilmeisesti lapset lähteneet pesästä eikä eläkevuosiinkaan ole enää pitkästi. Voi olla, että kaipaat elämääsi jotain uutta, josta saat energiaa työelämäänkin, Saarela ehdotti.

– Ehkä, mutta en jaksa etsiä mitään uutta, kun ei mikään kiinnosta. Haluaisin vain olla rauhassa, vastasin.

– Uusi harrastus, jossa olisi uudet ihmiset ja uudet haasteet, Saarela ehdotti.

– Huh, huh. Tuntuu pelkkä ajatuskin ihan mahdottomalta.

– Mieti kuitenkin. Se voisi olla sinulle hyväksi.

– Epäilemättä, myönsin.

– Katsotaan nyt kuitenkin labrat, jos sieltä löytyisi jotain selitystä vointiisi. Ja suosittelen kyllä lääkärin kanssa juttelemista, jos olosi jatkuu edelleen väsyneenä. Ja tietysti on mahdollista laittaa sinulle aika myös terapeutille, jos niin haluat. Monet kärsivät työuupumuksesta.

– En nyt oikeastaan halua muuta kuin labrat, sanoin ja nousin tuoliltani.

– Hyvä. Soittelenko sinulle labroista vai katsotko Omakannasta itse? Tietysti, jos labroissa on jotain hälyttävää, niin sitten lääkäriaika.

– Voin katsoa. Jos joku on pielessä, niin varmaan soitat joka tapauksessa.

– Kyllä, aioin juuri mainita tästä, Saarela lisäsi.

– Ok. Kiitos ajastasi, sanoin.

– Palataan. Ai niin ja paastolla sitten verikokeisiin. Hei vaan, Saarela sanoi ja nyökkäsi minulle hyvästiksi.

Poistuin vastaanottohuoneesta. Hain takkini naulakosta, ja pukeuduin nopeasti. Vilkaisin kelloa. Minulla oli vain 20 minuuttia aikaa seuraavan oppitunnin alkuun, joten oli pidettävä kiirettä. Avasin ulko-oven. Vastassa oli pakkaspäivän pureva vinkka. Vedin hupun piponi yli ja kiristin hupun nauhoja. Ehtisin kävellä viidessä minuutissa koululle. Olin tulostanut jo edellispäivänä tunnilla tarvittavat materiaalit, jotka odottivat siistissä pinossa työpöydälläni. Tihensin askeleita. Iltapäivällä pitäisi muistaa varata laboratorioaika, vaikka se tuntui vähän turhalta. Toisaalta oli hyvä, että minut oli otettu todesta ja oltiin valmiita tutkimaan, mikä minua vaivasi. Päätin jo, että jos labrat olisivat reilassa, en tilaisi lääkäriaikaa. Kyllä jotenkin kitkuttelisin kesälomaan saakka ja olihan talviloma ja pääsiäinenkin ennen sitä.

8. luku

Talven selkä taittui. Valon määrä lisääntyi päivä päivältä. Luonto kiri kevättä kohti ryminällä. Lumi hupeni silmissä. Hullunrohkeat sinililjat ja krookukset puskivat kukkansa aurinkoa kohti. Olin hiukan pirteämpi päästyäni pimeistä päivistä. Jätin menemättä lääkäriin, koska laboratoriotuloksissa ei ollut mitään hälyttävää. B-vitamiini oli hiukan alakantimissa, mutta yritin petrata sitä syömällä vitamiinia suoraan purkista.

Luin juuri artikkelia keskinkertaisuuden häpeästä Ylen verkkosivuilta, kun Manu heräsi päiväuniltaan. Televisio oli avoinna kuten useimmiten Manun nukahtaessa sohvalle.

– Manu, oletko ajatellut, että me ollaan tavallisia, keskinkertaisia ihmisiä?

– Tiedän, haittaako se?

– En minä tiedä. Tässä artikkelissa vakuutetaan, että se ei ole huono asia. Minusta kyllä joskus tuntuu, että olisi pitänyt olla kaikessa parempi.

– Tiedän senkin, että sinä et ole aina tyytyväinen siihen, mitä olet. Ja ihan turhaan. Just hyvä tuommosena!

– Tämä on kyllä kiinnostava artikkeli. Kuuntelepa, mitä Leppä kirjoittaa: " Jos jokainen yrittää olla muita kauniimpi, menestyneempi, rikkaampi, välittävämpi vanhempi, mellevämpiä voittoja takova yrittäjä, näppärämpi leipoja, upeampi sisustaja, seksikkäämpi misu ja sosiaalisempi kaippari, mitä tapahtuu?"

– No mitä tapahtuu? Manu kysyi.

– Sitten elämä on pelkkää kilpailua muiden kanssa ja kukaan ei kuule oikeastaan mitään, vaan kaikki huutavat toistensa suuhun ja pelkäävät tasapäistämistä.

– On varmaan tosi keskinkertaista keittää iltakahvit, mutta aion tehdä niin. Otatko sinä? Vai teetä mieluummin?

– Jospa joisin kahvia, kun huomenna on lauantai, niin ei ole niin väliä, vaikka ei uni heti tulekaan.

– Mitäs sanot, jos käytäisiin huomenna ajelulla? Manu kysyi.

– Olin kyllä ajatellut sulattaa pakasteen ja tehdä muitakin kotitöitä? Mitä ajattelit?

– Minun työkaveri, Pauli, muistathan hänet?

– Jotenkuten, mitä hänestä?

– Pauli on rakentanut mökin tai se oli siis valmis kehikko, jonka osti. Tarvitsi sitten kirvesmiehiäkin, mutta joka tapauksessa mökki on nyt valmis. Tuli vaan mieleen, että käytäiskö katsomassa mökkiä. Pauli sanoi, että ovat viikonlopun mökillä ja olisimme tervetulleita.

– Ne on mulle niin vieraita ihmisiä, että en tiedä, jaksanko lähteä.

– Ei se ole kyläreissu, vaan käytäis katsomassa sitä mökkiä.

– Niin?

– Jos siitä saisi jotain vinkkiä, jos innostutaan rakentamaan Kuusamoon uusi mökki.

– Ai jaa. Miten en tajunnut? Jos se on sinulle tärkeää, niin käydään, mutta ei jäädä kyläilemään.

– Hyvä. Laitan Paulille viestin. Mikä aika ois hyvä?

– Missä se mökki on?

– Sievissä, Maasydämellä.

– Okei. Oisko joskus puolen päivän aikaan?

– Ehdotan sitä.

Kävimme seuraavana päivänä tutustumassa Paulin kesämökkiin. Manu oli unohtanut kertoa, että se oli julkinen esittely, talotehtaan markkinointipäivä. Onneksi meidän lisäksi paikalla oli toinenkin pariskunta, joten talotehtaan edustaja ei takertunut käsipuoleemme. Saimme katsella aika rauhassa ja rupatella myös Paulin kanssa ja kuulla, miten rakentaminen oli sujunut.

Mökki ei ollut suuren suuri, mutta se oli käytännöllinen, valoisa ja sisustettu kodikkaasti. Viereisellä tontilla tökötti valtava ökylinna, joka ei mielestäni näyttänyt lainkaan kutsuvalta, vaikka euroja rakennukseen oli epäilemättä hukkunut satojatuhansia. Rakennuksen valtavat lasiseinät näyttivät kylmiltä ja luotaantyöntäviltä. Paulin hirsimökki sen sijaan uhkui lämpöä, joka alkoi kieputtaa minua sormensa ympärille, vaikka kuuntelin tyrmistyneenä rakennuksen neliöhintoja.

– Meillä ei ole ikinä vara rakentaa mökkiä, puuskahdin myöhemmin Manulle, kun istuimme autossa kotimatkalla.

– Älä sano.

– Ajattele nyt. Meidän tuloilla pitäisi palkata kirvesmiehiä ja ties mitä rakennustarvikehankintojen lisäksi.

– Muistaakseni olen maininnut jo aiemmin, että rahaa saa lainaksi pankista. Eihän nyt näin tavallisilla ihmisillä ole vara palkata työmiehiä, mutta lainarahalla on.

– Mökki oli kyllä ihana, myönsin.

– Saisit sinäkin muuta ajattelemista kuin työkuviot.

– Totta. Sata uutta huolta.

– Käväistäiskö Kuusamossa helatorstain tienoilla? Silloin siellä on lumet jo niin vähinä, että päästäis autolla perille.

– Se on hyvä idea. Käydään vain, mutta en ilmoittele mitään Kaarlon porukoille, että ollaan maisemissa. Kumma kyllä, että sieltä ei ole kuulunut mitään. Taisivat suuttua tosissaan. Tehdäänkö päiväreissu vai yövytäänkö?

– Yövytään, mutta ei Alinan mökissä. Siellä ei tarkene. Voin varata meille hotellihuoneen keskustasta vai haluatko mieluummin Rukalle vai mökkimajoituksen?

– Ihan mikä vaan sopii. Ei kai isoa hotellia enää edes ole keskustassa? Eikö siihen tullut jotain muuta tilalle?

– En tiedä. Entä kylpylä? Siellä me on joskus yövytty.

– Sekin käy. Sama kai se missä yhden yön viettää.

– Ei nyt ihan sama. Voi sitä joskus vähän hemmotella itseään eikä nuukailla, Manu totesi.

– Mutta Paulin kustannusarvio oli järkyttävä!

– Rakentaminen on nykyään kallista.

– Minuakin hirvittää, miten Samuli ja Eliina selviävät veloistaan, sanoin.

– Nuorena uskoo, että kaikesta selviää. Olis niillekin pienempi talo riittänyt, mutta hyvä, että poika tietää, mitä haluaa ja hyvin kyllä selvisi rakennusajasta tai molemmat selvisivät. Se on monelle ero tullut, kun talo on saatu valmiiksi.

– Se on sitten parempi, ettei oteta sitä riskiä, naurahdin.

– Kyllä tätä purtta on aallot sen verran paiskoneet, ettei se rakentamallakaan menisi nurin. Onhan me jo yksi talo tehty.

– En muista enää mitään siitä ajasta tai nyt sen verran, että oli harvinaisen kuuma kesä ja sinä olit aina raksalla. Minä siinä sitten yritin keksiä lasten kanssa tekemistä.

– Mukavaa aikaa näin jälkeen päin ajatellen, Manu sanoi haikeana.

– Sepä. Tuntuu, että kaikki hauska on takana. Vaikka ei mulla kyllä ollut kovinkaan hauskaa edes lapsena. Se nyt oli, mitä oli, mutta siitäkin on selvitty. Ei kai isä enempää osannut.

– Ei hauskuus ole lopussa. Kaikki vuodet ovat hyviä. Tulevatkin.

– Sanoo ikuinen optimisti, hymyilin Manulle.

9.luku

Teatterin lämpiö täyttyi väliaikaa viettävästä yleisöstä, jonka kiihkeä, jopa liioitellun iloinen puheensorina täytti tilan. Eija onnistui houkuttelemaan minut lauantai-iltapäivän esitykseen naapurikaupunkiin. Jo edellispäivänä minua alkoi harmittaa, että olin luvannut lähteä. Olisin mieluummin viettänyt lauantaipäiväni kotona ja kässehtinyt kulahtaneissa collegehousuissa, paljon nähneessä neuleessa ja villasukissa kuin lähtenyt ihmisten ilmoille tälläytyneenä. Sain ihan tarpeeksi asiallisen ulkonäön laittamisesta työviikolla. Toisaalta oli hyvä, että Eija ei antanut periksi, vaan vaati mukaan. Milloin olin ollut viimeksi teatterissa tai missään. En muistanut äkkiseltään. Vielä muutama vuosi sitten olin aktiivinen kulttuurin kuluttaja ja nautin erilaisista esityksistä, konserteista ja taidenäyttelyistä. Se vain oli jäänyt elämästä kuten moni muukin asia. Kodista oli tullut turvalinnake, josta ei halunnut poistua kuin pakon edessä.

– Penni ajatuksistasi tai edes sentti, Eija sanoi ja tönäisi minua kevyesti käsivarteen kyynärpäällään.

– Anteeksi, myönnän, että olin ihan omissa ajatuksissa, mutta ei ole mitään mainittavaa. Niitä näitä vaan.

– Tässä, ole hyvä ja cin cin, hän sanoi ja ojensi kuohuviinilasin minulle.

– Kiitos. Viitsit sitten jonottaa.

– Pikku juttu. Oli monta kassaa. Se kävi nopsasti. Mitä pidät näytelmästä? Eija kysyi.

– Pidän kovasti. Tietysti juoni menee vauhdilla verrattuna kirjaan, mutta ei kai näytelmää ja kirjaa saisi edes verrata, kun ovat erillisiä teoksia.

– Minua häiritsee vähän, että tarina on jotenkin epäuskottava. Mielettömästi kyllä nähty vaivaa puvustuksessa ja lavasteissa, mutta onhan näillä isoilla laitosteattereilla resursseja.

– En tiedä. Monesti kuulee ja lukee, miten koko kulttuuriala on jatkuvassa puristuksessa. Onko loppujen lopuksi kenelläkään rahaa? Sote-puolella tuskaillaan resurssien vähyyttä ja sama se on meillä koulumaailmassakin. Kohta ei ole vara ostaa edes kynää, vaan nekin pitää pummia jostain yhteistyökumppanin messukojulta.

– Niinpä. Ja toisaalta tämä on hyvä maa asua, mutta mitä jos ei nyt laiteta koko yhteiskuntaa järjestykseen, vaan ainoastaan nautitaan tästä hetkestä, Eija sanoi ja siemaisi lasistaan.

– Kyllä se mulle sopii.

– KP on ihana. Oon aina tykännyt siitä. Komea, karismaattinen ääni, niin ja tietysti todella hyvä näyttelijä, Eija ihasteli.

– Onhan se. Ohjaaja on onnistunut roolituksessa ja muutenkin aika ovelia ratkaisuja ja painotuksia.

– Todellakin. Jonkun mielestä varmaan liian moderni.

– Ei ole minun mielestäni väkisin väännetty. Liikutuin monta kertaa, sanoin.

– Hei, tuolla on muuten meidän kunnanjohtajamme. Mennäänkö jututtamaan? Eija supatti.

– En minä tunne häntä niin hyvin, että viitsisin lyöttäytyä seuraan. Käy moikkaamassa, jos haluat.

– En nyt yksin viitsi. Hän on muuten mukava tyyppi, Eija sanoi.

– Ahaa. Mistä tunnette?

– Me ollaan molemmat rotareissa, Eija vastasi.

– Ai niin. Enpä muistanut sun verkostoja.

– Ja on muuten sinkku. Eronnut. Tuossa porukassa näyttää olevan muitakin kuntapamppuja, Eija sanoi.

– Niinpä näkyy. Sivistystoimenjohtaja vaimonsa kanssa. Ja sitten valtuutettuja. En tunne kaikkia, totesin.

– Hyvä, että käyvät teatterissa. Tekee hyvää nähdä muutakin kuin talouslukuja.

– Oiskin rahaa, niin käytäis nuorten kanssa teatterissa. Tekisi myös heille hyvää nähdä muuta kuin kännykän näyttö. Minä en päässyt nuorena kuin kerran käymään työväenteatterissa Tampereella. Se oli nuorten jaoston matka. Vieläkin muistan, miten mielettömän vaikutuksen esitys teki, Canthin Työmiehen vaimo, muistelin.

– Minnan tekstit ovat timanttia edelleen. Joo, ennen niitä reissuja joskus sentään tehtiin meidän koulustakin. Käytiin jopa oopperassa Helsingissä.

– Ne olivat kyllä legendaarisia reissuja. Jokseenkin koko ryhmä kesti esityksen loppuun saakka, vaikka väliajalla jo ilmeni kaikenlaista pikku kitinää. Jos minä olisin päässyt oopperaan tai yleensäkään Helsinkiin opintomatkalle, olisin ollut niin innostunut, että olisin varmaan ollut nukkumatta viikon, sanoin.

– Kiva, että otettiin myöhemmin lähtevä juna. Ehditään käydä syömässä esityksen jälkeen. Ei ole tehty mitään yhdessä pitkään aikaan, Eija sanoi.

– Kiitos sulle, että järjestit liput ja kaikki. En edes tiennyt, että teatteriin pääsee iltapäivälläkin, sanoin.

– Joo, mä ajattelin, että on jo aika tehdä pieni irtiotto. Sinua kun ei näe enää kuin töissä, naurahti Eija.

– Hyvä sinä. Minulta ois jäänyt tekemättä. Minusta on tullut niin saamaton.

– Ei kai sentään. Sinähän painat töissä kuin höyryveturi.

– Kun on pakko palkkansa eteen, mutta muuten on kyllä veto ihan poissa. Ehkä se on vaan tämä ikä. Sua ei vielä ikä paina, totesin hiukan kateellisena.

– Äläs nyt. Johan mäkin olen jo vuoden kuudellakymmenellä.

– No mutta kuitenkin monta vuotta minua nuorempi. Oisinpa minäkin vasta viisikymmentä. Silloin oli virtaa, sanoin.

– Muutaman vuoden vain nuorempi. Muistan, kun minun isäni täytti viisikymmentä, niin se tuntui valtavan isolta luvulta ja muutenkin ajattelin, että silloin on ihminen jo tosi vanha. Ja nyt olen itse samanikäinen, Eija selitti.

– Ennen viisikymmentä oli ehkä ensimmäinen askel vanhuuteen. Ei enää. Päivänsankarille ostettiin kiikkutuoli lahjaksi. Kuka viisikymppinen nykyään ehtii kiikutella kotona? Eikä kyllä semmoisia lahjoja hankita, vaan sporttikelloja, tennismailoja ja ties mitä, jatkoin.

– Minä sain Kalevala-koruja, reissurahaa ja kuoharia.

– No niin. Ei mitään reissuja, vaan kiikkutuolikaupoille ja jos rahaa jää, niin ostat mukavat Ainot jalkaan ja shaalin, ehdotin.

– Pah. En kyllä osta. Olen jo plarannut matkakirjoja ja miettinyt seuraavaa kohdetta, Eija sanoi.

– Minulle riittää kotimaa, vaikka kyllä joskus kaukokaipuutakin ilmenee. Jännä, miten matkakuumekin voi mennä ohi. Ennen oli ihan pakko päästä, vaikka rahaa ei olisi ollutkaan, kerroin.

– Sä oletkin matkustanut niin paljon. Jenkit ja kaikki. Ja olet ollut työvaihdossa ja oppaana ja vaikka mitä. Mä aloitin niin myöhään, että on pitkä lista maista, joissa haluaisin käydä. Ja hyvä vaan, jos tulee jotain lentoveroja ilmaston takia, niin ei ole niin huono omatunto lentämisestä. Onko sulla lomasuunnitelmia?

– Eipä juuri. Kuusamossa varmaan käydään useampi reissu, kun mulla on nyt siellä se kesäpaikka tai tontti, miten sen nyt ottaa, selitin.

– Tosiaan. Se oli kyllä hieno homma! Eija sanoi.

– On se minustakin kiva, vaikka näyttää, että se aiheuttaa kärhämää sukulaisten kanssa.

– Älä siitä välitä. Ethän sä ole tilannut itsellesi perintöä. Voiko siellä yöpyä muuta kuin kesällä?

– En niin, mutta sukulaiset varmaan ajattelevat siten. Voi siellä kesällä olla yötä, mutta aika erähenkistä touhua. Puuvessa, ei juoksevaa vettä eikä sähköä.

– Ei muuta kuin nautit siitä, mitä sait, jos siis paikka on kiva. Minusta ei tosin olisi eräilemään. Pitää päästä suihkuun, Eija sanoi.

– On se kiva paikka. Ihana järvi ja hiljaista. Manu on ehdotellut, että rakennettais sinne uusi mökki, semmonen talviasuttava vapaa-ajanasunto.

– Vau. Se olis kyllä mukavaa. Olen ollut Rukalla monena talvena. Hitsi, miten kaunista siellä on ja kylmää.

– Olis kai se. Hirvittää vaan niin ison velan ottaminen näin vanhana. Nyt kun on lainat maksettu ja sen puoleen huoletonta, niin taas pitäisi alkaa alusta. En tiedä, onko minusta enää semmoiseen riesaan.

– Maksat pikkuhiljaa ja jätät loput lapsille maksettavaksi, Eija nauroi.

– Niin että perinnöksi velkaa. Perintöjä on kyllä monenlaisia.

– No onhan sillä paikalla arvonsa, vaikka siitä velkaa jäisikin, Eija sanoi.

– Joo, pitää katsoa, mitä sen kanssa tekee. Voi siellä kesällä viettää aikaa, vaikka ei tee mitään millekään.

– Mieti rauhassa. Mökin rakentaminen on iso investointi. Ja kun on mökki siellä jo, niin huomaat varmaan nopeesti, että viihdytkö niissä maisemissa. Tarkoitan, että siinä nykyisessä mökissä voi käydä fiilistelemässä ennen kuin tekee isoja päätöksiä, Eija ehdotti.

– Niinpä. Olen vain huono keskeneräisissä asioissa. Kaikki pitäs saada nopeasti päätökseen tai valmiiksi.

– Tiedän. Semmoinen sä oletkin. Kaiken pitää olla tiptop. Ei ihme, että sua väsyttää, kun et osaa rentoutua, Eija sanoi.

– Nyt kello soi. Sukelletaan taas muihin maisemiin. Lasit voi varmaan jättää tuonne kärryyn. Voin viedä, sanoin.

– Joo, kiitos. Sillä meidän edessä istuvalla rouvalla on muuten aivan kamalasti hajuvettä. Melkein tulee migreeni.

– Totta, onneksi en ole allerginen. Oisin varmaan jo tuupertunut.

– No sitten joku raamikas lääkäri ois löytynyt yleisöstä ja se olis elvyttänyt sinut. Se on nimittäin jännä homma, että aika usein löytyy jotain hoitohenkilökuntaa paikalta, jos jotain sattuu, Eija naurahti.

– Epäilemättä. Luultavasti olisi jättänyt hoitamisen siihen, kun olisi huomannut, että lattialla makaa iäkäs kulttuuritantta. Nyt mennään. Saa nähdä, meneekö loppu itkemättä, pohdin.

– Miten sä oikein puhut itsestäsi? Hyvä tavaton. Nainen parhaassa iässä. Mulla on nessupaketti mukana, jos meidän pitää pillittää, Eija sanoi.

– Hyvä. Sinä kyllä osaat varautua kaikkeen.

– Elämä on opettanut, Eija hymyili.

Jono teatterisaliin eteni hitaasti. Ihmiset puikkelehtivat paikoilleen, väistelivät toisten jalkoja, jotkut nousivat

69

seisomaan antaen tilaa mennä ohi. Kun pääsimme istumaan, valot sammuivat nopeasti ja toinen näytös alkoi.

– Minä en lähde sitten mihinkään vappumarssille.

– Yhdessä mennään.

– Sanoin, etten lähde ollenkaan. En tosiaankaan. En enää ikinä.

– Sinä häpeät juuriasi.

– Niin häpeän.

– Miten sinusta on tullut tuommonen? Seura tehnyt kaltaisekseen.

– Sinun kanssa minä asun, jospa se siitä johtuu.

– Aina on meidän suvussa käyty vappumarssilla.

– Ei pidä paikkaansa. Mene sen Olgasi kanssa. Eikö se ole tottunut punalippuja heiluttamaan.

– Miten niin? Mitä sinä siitä tiedät?

– Ai, meidän suvusta? Alina ei ainakaan käy vappumarsseilla. Eikä kyllä sen velikään, mutta ne onkin äidin sukua.

– Alinako tässä määrää ja on esikuvana sinulle? Ei sinun tarvi luulla, että se on sinusta kiinnostunut, jos muutaman kerran vuodessa tapaatte. Se on helppo olla mukava, kun ei tarvi kantaa vastuuta mistään.

– Ahaa. Onko Alinassakin joku vika? Hän on sentään MINUN äitini serkku.

– Ei ole mitään vikaa, mutta heillä on oma elämä ja meillä on oma. Me eletään oman pään mukaan.

– Ei kun sinun pään mukaan.

– Voi sen niinkin sanoa, kun sinä olet alaikäinen vielä.

– Ei kukaan käy vappumarssilla. Se on vanhanaikaista. Kommarihommaa. Luuletko, että Neuvostoliitto on joku ihannemaa. Ei ole. Ei siellä ihmiset voi hyvin.

– Nyt suu poikki!

– Ei äitikään käynyt vappumarssilla.

– Häntä et tähän sekoita. Voisit kunnioittaa vähän enemmän isääs. Minä tässä oon sinut kasvattanut ja elättänyt.

—No kiitos paljon.

– Et sitten perkele lähe mihinkään kylille luiruamaan, kun ei kerta marssikaan maistu. Ja sitä porvariperheen nulikkaa et tänne raahaa. Onko selvä?

– Sinä et sitä määrää.

– Satun määräämään, joten nyt suu kiinni ja menes huoneesees.

– Ihan mielelläni. Keitä ite kahvis. Ja syö oikein paljon vappumunkkeja, kun nyt on tämä työläisten juhla. Ja juo oikein monta lasillista Olgan tekemää vappusimaa, jossa ei ole edes rusinoita. On tarpeeksi vaatimatonta kaikki!

– Ala painua siitä silmistäni vielä, kun ehdit.

10.luku

Aurinko kuumotti mustan takkini selkää. Järvi oli vielä jäässä. Siellä täällä näkyi tummia, laajaksi sulaneita laikkuja, joissa vesi oli päässyt jään päälle. Kumisaappaat olivat paras valinta, sillä sohjolunta oli vielä maassa pälvinä. Kiersin mökin takapihalle, johon oli kinostunut korkea penkka katolta alas tullutta lunta.

– En kyllä osannut kuvitella, että vielä toukokuussa täällä olisi näin talvi, sanoin.

– Toisaalta lämmintä on nytkin +17 astetta, joten lumi hupenee silmissä.

– Mökissä on tosi kylmä. Siellä ei huvita olla ollenkaan, sanon.

– Tietysti, ei se niin nopeasti lämpene auringostakaan. Asumaton rakennus, Manu sanoi.

– Mitäs me nyt tehdään täällä?

– Ei kai meidän mitään tarvitse tehdä. Otetaan tuolit sisältä ja mennään aurinkoiselle seinustalle evästelemään niin kuin Kaisla sanoisi.

– Ota sinä tuolit, niin minä haen termarin ja purtavaa autosta, vastasin.

Asetuimme istumaan mukavasti. Aurinko oli niin kirkas, että se muurasi silmät umpeen. Aurinkolasit olivat unohtuneet autoon. Muutama lämmön sulattama kärpänen paistatteli päivää samalla seinustalla meidän kanssamme. Hörpimme kahvia ajatuksissamme. Jostain kauempaa kuului peipon ääni. Havahduin auton ääneen, joka kuului hyvin läheltä. Avasin silmät ja yritin katsella häikäisystä huolimatta äänen suuntaan. Kuulin, miten auton ovi läimäistiin kiinni ja kohta toinenkin. Nousin seisomaan nähdäkseni paremmin. Manukin vääntäytyi ylös hieman liian matalalta jakkaralta.

– Sieltä tulee Kaarlo ja Aulikki, voi helkkari, ehdin suhahtaa Manulle.

Tulijat olivat enää lyhyen matkan päässä meistä. Manu viestitti silmillään, että saapa nähdä, mitä on tulossa.

– Terve. Tämäpä yllätys, tervehdin tulijoita.

– Terve. No niin tosiaan tai heti tunnistin Manun vanhan mersun. Olette täällä arvioimassa Alinan tiluksia ja perintöä, Kaarlo sanoi.

– Ihan vaan ajattelimme poiketa, kun oli ylimääräinen vapaapäivä. Käydään myös Kiutakönkäällä katsomassa, jos olisi neidonkenkiä. En ole koskaan niitä nähnyt, aloin selittää kuin olisin tehnyt jotain luvatonta.

– Hei vaan. Toivottavasti emme häiritse? Kaarlo nyt vaan halusi ehdottomasti poiketa täällä. Ei olisi tietenkään tultu häiritsemään, jos olisi tietty, että olette täällä. Nyt on liian varhaista löytää niitä kukkia. Siinä kesäkuun puolella sitten, Aulikki sanoi.

– Ette häiritse. Mukava nähdä. Mikäs teidät tänne lennätti?

– Tuossa ohi ajeltiin, niin tuli mieleen käydä katsomassa, vieläkö tönö on kestänyt menneen talven lumet, Kaarlo sanoi ja käveleskeli ympäriinsä kädet lantioilla kuin mittailisi omia tiluksiaan.

– Maistuisiko teille kahvi? Tämä on kyllä vain tämmöstä termarissa hautunutta.

– Aina se kupillinen menee. Mitä sakeampaa sen makeampaa, Kaarlo sanoi.

– Meneekö siinä nyt teidän retkikahvit? Kaarlo, me ehditään juoda kotonakin sitten, Aulikki esteli.

Kaadoin pariin kertakäyttömukiin kahvia ja tarjosin maitoa, sokeria ja pikkuleipiä peltirasiasta. Kaarlo istui muitta mutkitta vapaana olevalle tuolille. Aulikki jäi seisoskelemaan muki kädessään.

– Onko ajatukset muuttuneet kevättalven aikana? Kaarlo kysyi.

– Mitkä ajatukset? Manu kysyi, vaikka varmasti tiesi, mitä Kaarlo tarkoitti.

– Sitä vaan, että meinaatteko pitää paikan?

– Ei tässä ole myynneistä keskusteltu. En ole muuttanut päätöstäni. Niin kuin jo talvella sanoin, niin katson, mitä tässä tehdään. Kesän aikana varmaan näkee, viihtyisikö täällä, vastasin.

– On tämä kyllä nätti paikka, Aulikki sanoi.

– Nätti? Vanha lautamökki. Pillarilla nurin koko hökötys. Vesijohdot ja sähkö tontille ja uusi pytinki pystyyn, niin sitten voidaan sanoa, että jotain arvoa on paikalla. Nyt pahasen maapohjan verran.

– Kai nyt Kuusamossakin on arvoa järvenrantatontilla? kysyin.

– Niitä piisaa. Ei tämä parhaasta päästä ole. Niin soista maastoa osittain, että pitää tarkkaan katsoa, mihin meinaa mökin perustukset kaivaa. Saattaa olla, että ei näy muuten kuin katto kaivurista ja se tulee kalliiksi.

– Ei tämä ylärinne ole märkä. Muistelen, Manu kiisti.

– Se on maa vielä roudassa. Odotapa kun kevät etenee. Ja täällä se käy hitaasti. On nimittäin hitaimmin sulavia järviä tämä Kurkijärvi, Kaarlo sanoi.

– Jaa, en tiennytkään. Kuulin, että kalaisa on, sanoin.

– Kyllä sieltä voi noustakin kalaa, jos jaksaa mennä verkkoja laittamaan, mutta eihän teillä ole venettä, millä mennä, Kaarlo sanoi.

– Onko Janne löytänyt uuden tontin? kysyin.

– Ei ole. Se niin sydämistyi, kun ette myyneet, että ei ole puhunut mökkihommista mitään. Kun nyt eivät lähtisi täältä kokonaan pois, Kaarlo sanoi.

– Ei kai sitä nyt kukaan mökkitontin takia lähde, ihmettelin.

– Nuorista tiedä. Saattavat lähteäkin, Kaarlo sanoi.

– Kaarlo aina liioittelee niin kuin tiedät, Aulikki kommentoi.

– Se ole mitään liioittelua, jos sanoo niin kuin asiat on. Kova pettymys se oli pojalle, kun haaveili rakentavansa tänä kesänä.

– Kestääkö kauan saada rakennuslupa? kysyin.

– Jaa, meinaatte sitten rakentaa. Menee siinä aikansa. En osaa sanoa tarkalleen. Riippuu, onko käsittelijät lomilla vai paikalla ja miten monta muuta hakemusta on jonossa. Onko teillä piirustukset? Kaarlo kysyi.

– Ei ole, eikä ole mökkikauppojakaan tehty, Manu sanoi.

– Ette te kyllä enää tälle kesälle kerkiä. Ette millään. Pitäs olla kaikki valmiina tähän aikaan vuodesta, Kaarlo sanoi.

– Joo, se kyllä tiedettiin. Pitäs ehtiä vähän kilpailuttaa talofirmoja.

– Hyvät kirvesmiehetkin on lujassa, kun tänne rakennetaan niin paljon, Kaarlo totesi.

– Kaipa tekijät löytyy sitten kun tarvitaan, Manu arveli.

– Aina se joku löytyy, mutta varmaan haluatte hyvät ammattimiehet ja ne on lujissa ja tuntipalkat kovat.

– On se vaan outoa, kun Alinaakaan ei enää ole, Aulikki sanoi.

– Raaka tauti. Hyvä, ettei tarvinnut kitua pitempään. Sun isäs se jäi leskeksi melko nuorena. Kova kalamies isäs oli. Viimeseen asti teki tännekin kalareissuja ja Norjaa myöten, mutta se oli muutenkin kaikessa ehdoton. Vanhalla ladalla ajoi loppuun asti, Kalervo totesi.

– Niin teki. Minusta Alina oli uskomattoman rohkea loppuun saakka. Kaipaan meidän rupatteluhetkiä, yritin muuttaa puheenaihetta.

– Ei ne olleet hetkiä, vaan tunteja, Manu nauroi.

En halunnut keskustella isästäni Kaarlon kanssa, mutta hän jatkoi.

– Ihmettelivät jotku, kun olit aina isäs mukana kalassa, Kaarlo sanoi.

– Missä oisin muuten ollut?

– Ei kai missään, mutta ei se ole pienten tyttöjen hommaa. Isäs ois pitänyt hommata naisihminen jo paljon ennemmin taloutta pitämään ja tyttöä kasvattamaan.

– No, siitäkin on selvitty, sanoin.

– Ja sitten kun otti, niin venäläisen. Ois pitänyt tietysti arvata, että sinne sekin homma kallistuu, Kaarlo jatkoi.

– Minä en niihin päätöksiin ole osallinen. Parhaansa se yritti, minun isä, sanoin.

– Äitisi oli hieno ihminen. Niin kauniskin. Sen perässä oli yksi ja toinen, ison talon poikia ja sitten punikin otti, Kaarlo sanoi.

– Äitisi oli kaunis kuin Armi Kuusela. Sinussa on paljon samaa näköä, Aulikki sanoi.

– Täällä on kiviset rannat ja jyrkät, Kaarlo sanoi yhtäkkiä vaihtaen puheenaihetta.

– Ei kai tämän tontin kohdalla? Muistelen, että tästä pääsee hyvin uimaan, Aulikki sanoi.

Kaarlo mulkaisi Aulikkia ja tuhahti, mutta ei sanonut mitään.

– Tykkään uimisesta luonnonvesissä, sanoin.

– Minäkin tykkään. Kaarloa ei saa millään veteen tai jos saunassa on sata astetta lämmintä, niin sitten hän voi nopeasti pulahtaa järvessä. Kerran vuodessa.

– Se riittää minulle. Joka kesä olen uinut yhden kerran ja sillä siisti, Kaarlo sanoi ja rutisti tyhjän kahvimukin kourassaan.

– Manu käy talvella avannossakin, sanoin.

– Eihän teillä päin ole edes kunnon järviä? Joessako käyt?

– Siellä enimmäkseen. Mukavaa hommaa, Manu sanoi.

– Se jäisi kyllä minulta tekemättä, Aulikki sanoi.

– Siihen koukuttuu. Tulee hyvä olo, Manu jatkoi.

– Niin olen kuullut, mutta ei vaan innosta yhtään. Hyvä, kun toppatakissa tarkenee läpi talven. Käytkö sinä avannossa, Riitta? Aulikki kysyi.

– En ole kokeillut, vaikka Manu on houkutellut mukaansa. Olen aikamoinen vilukissa, vastasin.

– Meidän pitäs varmaan lähteä, ettei viedä teidän vähäistä aikaa. Olisi kyllä mukava, jos poikkeisitte joskus meilläkin, Aulikki sanoi.

– Kiitos kutsusta. Yritetäänpä saada joskus aikaiseksi. Nyt on vaan tämmönen pikavisiitti.

–Missä te yövytte? Kaarlo uteli.

–Kylpylässä tällä kertaa. Huomenna illalla varmaan ajellaan jo kotiin, kun sielläkin hommaa riittää näin keväällä. Pihatöitä, vastasin.

– Ja kohta olette kahden talon loukussa, Kaarlo sanoi,

– Tänne ei laiteta pihaa. Kuntalla korjataan se, mitä rakentaessa joutuu repimään auki, sanoin.

– Se on kyllä kätevä ratkaisu. Täällä on marjametsiä ja soita tarpeeksi, ei tarvi puutarhamarjoja hoidella, Aulikki sanoi.

– Ihan tarpeeksi olen saanut leikata ruohoa kotona, joten tänne en toista työmaata kaipaa minäkään, Manu sanoi.

– Minä ostin päältä ajettavan leikkurin. Ei siinä pitkään ehdi humppaa kuunnella, kun piha on ajettu, Kaarlo sanoi.

– Meillä se ei oikein onnistuisi, kun pihalle poikkeaa niin usein siiliä ja ne liikkuvat myös päivisin. Hyötyliikunnan kannalta yritän ottaa koneen perässä kävelyn.

– Kukin tyylillään, Kaarlo sanoi ja nousi seisomaan.

– Teille sattui kiva sää, Aulikki sanoi.

– Niin, me katotiin netistä sääennuste, että on hyvä sauma piipahtaa ja kun sattui vielä ylimääräistä vapaata.

– Me tästä lähdetään. Se on terve! Kaarlo sanoi ja lähti tarpomaan autoa kohti.

Aulikki vilkaisi meitä kuin anteeksi pyydellen.

– Kaarlo on aina vähä äkkinäinen hätähousu. Oli kyllä mukava nähdä ja nähdään varmasti jatkossakin, kun asetutte tänne, Aulikki sanoi.

– Ilman muuta. Kiva oli, kun piipahditte.

Kaarlo käynnisti auton ja kaasutti muutaman kerran rauhattomasti.

– Minäpä tästä sitten lähden, kun Kaarlo on jo autossa. Hei, hei, Aulikki sanoi.

– Heippa. Terveisiä Jannelle ja Ninalle.

– Kiitos, kiitos. Kerrotaan.

Aulikki eteni rivakkaa vauhtia autolle, ja pian he olivat poissa. Huokaisin kevyesti ja aloin siivota vähäisen kahvitarjoilun pois. Manu käveli rantaa kohti ja vihelteli melodiaa, joka kuulosti jotenkin tutulta.

11. luku

Oli kesälomani viimeinen sunnuntai. En pitänyt kovinkaan paljon sunnuntaipäivistä. En ollut osannut koskaan rentoutua koulu- tai työpäivän aattona, enkä osannut vieläkään. Päivä meni jollain tavalla hukkaan. Lukukausien aikana käytin usein sunnuntai-illat alkavan työviikon valmisteluun. Kaikki syksyn liittyvät huolet painoivat jo päälle, vaikka kesäloma oli ollut hyvä. Nukuin, liikuin ja lueskelin paljon. Vietin aikaa lastenlasten kanssa ja tein pieniä reissuja Manun kanssa. En tuntenut oloani niin väsyneeksi kuin vuosi sitten kesälomalta työelämään palatessani. Siitä huolimatta yritin paeta vielä viimeisenä lomapäivänä lähestyviä arkisia kuvioita kutsumalla perheen koolle tai oikeastaan vain osan perhettä, sillä paikalle pääsi vain Samuli perheensä kanssa. Valmistin Manun kanssa yksinkertaisen, mutta maittavan lounaan. Sulattelimme sitä juomalla kahvia.

– Onks tää niin kuin Sunnuntailounas telkussa? kysyi Kanerva terävänä tyttönä.

– Eikö meillä mennyt paljon rauhallisemmin? miniä naurahti.

– Et kai sinä sitä katso, Kanerva? kysyin.

– Kyllä me katotaan, Kanerva vastasi.

– Taneli Mäkelä on kyllä huippu näyttelijä ja muutkin siinä, Manu sanoi.

– Saako jo nousta pöydästä? Kaisla kysyi.

– Tietysti, minun puolesta ainakin, sanoin ja vilkaisin miniääni.

– Joo, voitte te mennä, Eliina sanoi tytöille.

– On meillä teille vähän uutisiakin, sanoin.

– Toivottavasti ei mitään ikävää.

– Ei nyt mitään erityistä, mutta hyvä kuitenkin puhua yhdessä, jatkoin.

– Okei, annahan kuulua, Samuli sanoi.

– Ensinnäkin tai no. Manu, kerro sinä.

– Ettehän te nyt meinaa erota? Samuli ehätti kysymään.

– Jaa, miten semmoista ajattelit? Manu naurahti.

– Eroaako mummu ja pappa? Miksi? Annan vanhemmatkin erosi, Kaisla sanoi ja palasi pöydän luo.

– Höpö, höpö. Ei me olla eroamassa. Eihän tässä ehdi kertoa mitään. Sanoin jo, että ei ole mitään erityistä, sanoin.

– Minä lähden Norjaan töihin, Manu sanoi.

– Mitä? Miksi ihmeessä? Samuli kysyi.

– Tarjosivat keikkatyötä laivahommiin, niin ajattelin vielä tehdä, kun kelpaan. Hyvä tienesti se on.

– No mitä mieltä äiti on? Samuli jatkoi.

– Me on tämä asia keskusteltu. Minun mielestäni Manu saa tehdä niin kuin haluaa, sanoin.

– Mutta sä jäät tänne yksin, Samuli sanoi.

– Riitta varmasti pärjää, Eliina sanoi Samulille.

– Pärjään, pärjään, mutta voi tietysti tulla talon kanssa jotain ongelmia ja sitten joudun ehkä pyytämään teiltä apua.

– Minusta kuulostaa kyllä huonolta idealta, Samuli sanoi isälleen.

– Niinkö? Manu sanoi.

– Ehdottomasti. Ajatteletko yhtään äitiä? Talvi tulossa. Lämmittäminen, lumityöt ja kaikki.

– Me on tämä puhuttu. Ei tässä ole kyse kuin yhdestä talvesta. Olen siellä aina kolme viikkoa kiinni ja sitten viikon Suomessa.

– Ihan hullua minun mielestä. Eikö sinne nyt nuorempia miehiä ole lähtijäksi?

– Voi ollakin, mutta isäs on edelleen metallimiesten kärkeä, Manu naurahti.

– Okei. Pitää vähän sulatella. Tuli ihan puskista. Milloin meinaat lähteä? Samuli kysyi.

– Syyskuun alussa, Manu sanoi.

– Ja on tässä tietysti semmonen homma, että me on tehty mökkikaupat ja rakentaminen alkaa vuodenvaihteessa, sanoin.

– Mitä? Eihän tässä ole mitään järkeä? Kuka sen rakentamisen hoitaa, jos isä on reppuhommissa? Samuli sanoi.

– Ei me muutenkaan itse sitä aiota rakentaa. Palkataan kirvesmiehet. Ja rungon pystytys tulee tehtaan puolesta, sanoin.

– Äiti hei, sinä et osaa kuvitellakaan, miten paljon lisähommia se aiheuttaa sulle, vaikka sulla on töissä miten monta miestä hyvänsä. Eikä sulla ole ammattitaitoa sen suhteen, eikä aikaa, eikä mitään. Miten sinä valvot Kuusamoon asti rakennus- työmaata keskellä talvea? Me tässä on rakennettu aika vasta, niin on tuoreessa muistissa, miten työlästä se oli, vaikka olisi ammattimiehiä tekemässä, Samuli alkoi hermostua.

– Ei se nyt ole mikään ongelma. Tekniikka pelaa ja minut saa Norjasta kiinni niin kuin täälläkin. Me on kauppojen lisäksi sovittu jo yhden firman kanssa, että palkataan työmiehet sen kautta, Manu totesi.

– Te olette kyllä pähkähulluja. Ei voi muuta sanoa, Samuli sanoi.

– Onko mummu ja pappa hulluja? Isi, ei saa haukkua muita, Kaisla sanoi.

– Anteeksi, isi ei tarkoittanut mitään. Isi vähän hermostui, Samuli sanoi Kaislalle.

– Miksi?

– No kun isi on huolestunut siitä, että pappa lähtee Norjaan ja mummun pitäs rakentaa yksin mökki Kuusamoon.

– Lähteekö pappa Norjaan? Voi ei. Siellä on valaita, Kaisla sanoi.

– Joo, pappa lähtee tänä syksynä Norjaan töihin, mutta me nähdään joka kuukausi, kun pappa tulee lomille kotiin, Manu sanoi.

– Tuotko mulle tuliaisia? Kaisla kysyi.

– Mitä haluaisit? Manu sanoi.

– Vaikka Norjan lipun ja karkkia.

– Okei. Laitan muistiin.

– Sun muisti ei toimi aina, kun silmälasit on hukassa, etkä muista, mihin ne laitoit, Kaisla jatkoi.

– Niinpä. Semmosta se on, kun tulee vanhaksi, Manu sanoi.

– Kun minäkin tulen vanhaksi, niin voidaan sitten yhdessä etsiä silmälaseja, Kaisla ehdotti.

– Ilman muuta. Mihin Kanerva meni? Manu kysyi.

– Se pelaa kännykällä tuolla olohuoneessa, Kaisla vastasi.

– Kiinnostaisko teitä nyt kattoa mökkipiirustuksia? ehdotin.

– Joo, tietysti. Minusta on ihanaa, että ihmiset eivät pelkää tehdä päätöksiä ja muutoksia elämässä. Nykyään ihmiset eivät anna iän olla esteenä millekään. Se on tosi hienoa. Tuleeko siitä iso mökki? Eliina kysyi.

– Ei tule iso. Pari makuuhuonetta ja tietysti se on myös talviasuttava.

– Ai että. Mekin varmaan saadaan yöpyä siellä, jos halutaan käydä Rukalla laskettelemassa? Eliina jatkoi.

– Ilman muuta. Niin ajateltiinkin, että mökistä voisi olla kaikille iloa. Se on yksi tavoite koko mökkihommassa, sanoin.

– Saa nähdä, mitä Siiri sanoo teidän suunnitelmista? Samuli sanoi.

– Ei mitään. Tai ainakaan mitään kummempaa. Oli vaan iloinen, kun soitin ja kerroin, vastasin.

– Se on just tuommonen. Ikuinen hippi. Ehtiikö se edes tänä vuonna tulla käymään? Lontoostakin pääsee lentämällä Suomeen, Samuli tuhahti.

– Äläs nyt. Hyvin on siskosi elämänsä kasannut, sanoin.

– Joo, joo. Sä jaksat aina pitää sen puolta, vaikka se on sählännyt puolet elämästään, Samuli sanoi.

– Ja sinun puoltas kanssa. Siirillä menee hyvin. Ei niitä vanhoja kannata muistella, sanoin.

– Okei. Sori, vähän on tunteet pinnassa. Oot oikeassa. Itse asiassa harmittaa, vaan kun sitä näkee niin harvoin, Samuli sanoi.

– Soittele sille. Soitellaan joka viikko tunnin puhelu. Kätevää, kun on noita ilmaisia kanavia. Ei tarvi laskea minuutteja niin kuin silloin, kun minä olin ulkomailla töissä, sanoin.

– Missä sä mummu olit? Kanerva huikkasi sivummalta.

– No vaikka Kreikassa ja Espanjassa.

– Mitä sä siellä?

– Olin töissä.

– Niin mutta missä töissä? Kanerva penäsi.

– Ravintolassa, sanoin.

– Ai jaa. Varmaan aika tylsää, Kanerva sanoi ja jatkoi pelaamistaan.

– Tässä tulee piirustukset, sanoi Manu ja levitti paperit pöydälle.

Kumarruimme yhdessä piirustusten ääreen tutkimaan pohjaratkaisua. Olin helpottunut, että rauha laskeutui keittiöön.

– Jaa, että nyt on tytöllä valkolakki. Onnea nyt kovasti. Voin kai halata?

– Kiitos. Ei olis tarvinnut näin paljo ruusuja.

– Kyllä sinä oot ne ansainnut. Tuus tänne vaan Olga. Riitta on täällä.

– Onnea Riitta. Olla kaunis.

– Kiitos. Tämä on mun äidin vanha mekko, jota vähän tuunattiin. Anskun äiti on taitava ompelemaan.

– On hyvä.

– Pitäskö meidän lähteä tästä kotiin ennen kuin tulee vieraita.

– Jos tulee.

–Tietysti tulee. Ihan kaikki tulevat. Naapureistakin varmaan. Niin ja Alina tietysti. Ja varmasti muitakin sukulaisia.

– Onkohan meillä tarpeeksi tarjottavaa?

– On. Minä leiponut paljon.

– Niin, joo, kiitos, Olga, että olet auttanut meitä. Lähdetään illalla kasinolle.

– Ketkä me?

– No kaikki. Siis lakin saaneet. Tai melkein kaikki. Lestat ei lähde.

– Pitää sitä varmaan vähän juhlia.

– Haluan mennä. Onko se ok teille?

– Nuoret pitää juhlia ja tanssia.

– Toki, toki. Tuleeko Manukin?

– Tulee. En minä ilman sitä haluais mennä.

– Manu on hyvä poika.

– Kun ei ole porvari, vaikka on porvarikodista?

– Et nyt viihtis juhlapäivänä. En sitä tarkoittanut.

– Okei. Oli huono vitsi. Sori, iskä.

– Jotenkin on vaikea uskoa, että sinusta tuli niin äkkiä aikuinen. Ja kohta sitten lähdet kokonaan pois.

– Olen koko kesän kotona ja eihän sitä tiedä edes, saanko opiskelupaikkaa. Älä nyt stressaa.

– On tämä outo tilanne.

– Mennäänkö nyt? Mihin jätit auton?

– Tuolla se on parkkipaikalla.

– Erottuu hyvin kyllä muista. Joku luulee, että täällä on joku itänaapurin valtiovierailu menossa.

– Olepa vaiti. Saat muuten kävellä kotiin.

– Ei kun minä istun vänkärin paikalle, että kaikki näkevät, että siinä kommunisti-Kososen tyttö ajeluttaa itseään. Olga, onko sulle ok, jos menen eteen istumaan?

– Kyllä, kyllä. Kaikki hyvä.

12.luku

Syksy tyrmäsi ja pudotti minut oikealla suorallaan kanveesiin. Luulin olevani huomattavasti parempi vastustaja. Työ oli jatkuvaa kehässä rehkimistä. Palasin vaativien työpäivien jälkeen pimeään, tyhjään taloon, jossa ei ollut ruokaseuraa, ei uutisten katseluseuraa, ei saunaseuraa eikä ylipäätään seuraa. Manu soitteli lähes päivittäin Messengerpuheluita. Hän oli tyytyväinen kaikkeen ja selitti innostuneesti uusista työkavereistaan, kielitaidon karttumisesta, merestä ja vapaa-ajan kalastamisesta. Manun kokemuksia kuunnellessani tajusin, miten valjua elämäni oli. Palasin muistoissani aikoihin, jolloin olin ollut nuori ja kiertänyt maailmaa. Nyt kävin töiden lisäksi ruokakaupassa korkeintaan kerran viikossa ja kirjastossa joka toinen viikko. Olin tunnistamaton haamu entisestä Riitasta. Välillä jouduin ravistelemaan itseäni, että en alkaisi kaiken lisäksi sääliä itseäni. Se vasta säälittävää olisi ollut, koska minulla ei oikeasti ollut mikään huonosti. Minun olisi mahdollista muuttaa elämääni, jos olisi tarpeeksi tahtoa. Ilmeisesti ei ollut, kun hiihtelin turvallisen tuttuja latuja lukukaudesta toiseen.

Kun Eija kutsui itsensä luokseni kylään, en oikein innostunut. En tietenkään sanonut sitä hänelle. Sovimme vierailun ajankohdaksi perjantai-illan. Ei minulla ollut mitään varsinaista estettä tavata. Laiskotti vain. Pidin Eijan seurasta. Kalenteroitu kyläily oli sentään jotenkin siedettävää rutiinien rikkomista. Yllätysvierailu olisi varmaan suistanut minut raiteilta.

Valmistauduin tapaamiseen hakemalla kaupasta suolaista ja makeaa syötävää. Viiniä ja kahvia kaapeista löytyisi.

Eija ilmestyi oven taakse täsmällisesti kello seitsemän. Olin ehtinyt kattaa meille pöydän olohuoneeseen ja pikasiivonnut eteisen ja keittiön. Sytyttelin kynttilöitä ympäri taloa, ja laitoin tulen takkaan. Eija toi tullessaan muhkean kukkakimpun ja suklaata.

– Onpa täällä kodikasta. Saanko mennä heti istumaan takkatulen lämpöön? Eija kysyi.

– Tietysti. Käyn hakemassa meille lasilliset viiniä ja liityn seuraan. Vai maistuuko sinulle? Vai keitänkö mieluummin kahvia?

– Ei kun viinilasillinen on oikein hyvä, kiitos.

Menin keittiöön ja avasin viinipullon. Kaadoin jalalliset lasit täyteen ja vein ne olohuoneeseen. Ojensin lasin Eijalle. Istuuduin upottavaan nojatuoliin.

– Taas yksi työviikko takana ja sen verran lähempänä ollaan syyslomaa.

– Nimenomaan. Onko sinusta syksy ollut raskas?

– On, mutta ei siinä mitään uutta ole, Eija vastasi.

– Minusta tuntuu, että lähtee kaikki mehut heti kättelyssä. Olen tosi väsynyt. En jaksa tehdä mitään iltaisin.

– Onko sitten pakko tehdä? Sullakaan ei ole ketään passattavaa täällä. Sen kun nautit vain omasta ajasta, Eija sanoi.

– On ja haluaisin tehdä paljon enemmän, mutta en vaan jaksa, vastasin.

– Miten sulla muuten menee? Onko outoa olla yksin kotona? Eija kysyi.

– On tässä taas opettelemista. Manu ei ole vuosiin tehnyt keikkatöitä. Ja kun on oltu niin pitkään yhdessä, niin on tosi outoa olla yksin.

– Viihtyykö hän Norjassa? Eija kysyi.

– Oikein hyvin. Minun käy jotenkin kateeksi, vaikka ei siinä ole mitään järkeä sinänsä.

– Oisit ottanut virkavapaata ja mennyt mukaan.

– Ei onnistu. Jonkun pitää olla hoitamassa mökkirakentamista ja se joku olen minä. Ja oisinko edes saanut vapaata, kun sijaisjärjestelyt on oma hommansa.

– Ai niin. En muistanut mökkiprojektia yhtään. Sekö jäi nyt sulle? Onko sulla kokemusta rakentamisesta?

– Eipä juuri. Tämä talo rakennettiin aikoinaan, mutta sen jälkeen on varmaan kaikki systeemit muuttuneet. Nyt on vasta lupakierros menossa. Varsinainen rakentaminen olisi tarkoitus aloittaa heti alkuvuodesta.

– Tammikuussa? Eikö raksamiehet jäädy pakkasessa? Siellä on oikeita talvisäitä, eikä mitään loskakelejä, Eija ihmetteli.

– Jos asuu Kuusamossa, niin kylmään säähän pitänee tottua, naurahdin.

– On meidän työssä hyvät puoletkin, kun ei tarvitse olla taivasalla. Mutta ei minusta olisi muutenkaan kirvesmieheksi. Olen aika tumpelo. Teloisin vain itseni. Miten meinaat selvitä urakasta? Eija kysyi.

– Vanha konsti eli päivä kerrallaan. En murehdi kaikkea ennakkoon, kun ei se mitään hyödytä.

– Toimiiko käytännössä?

– Ei yhtään, purskahdin nauruun.

– Jotenkin arvasin, Eija yhtyi nauruuni.

– Mitenkä sinun iltasi kuluvat? Oletko aloittanut uusia harrastuksia tai jotain muuta?

– En mitään, vaikka oli tarkoitus kerrata italian kieltä. Jumpassa ja salilla käyn. Rotareissa käyn edelleen Ja käyn myös pelaamassa kössiä, kun on nyt pelikaveri, Eija kertoi.

– Reipasta! Todella. Kenen kanssa pelaat?

– Timon kanssa.

– Pitäisikö minun tuntea? Ei siis ainakaan kukaan Opistolta. Ystävä vai enemmän?

– Ei niin, vaan kunnantalolta.

– Huotari? Oho. Käyttekö niin kuin rotary-hengessä pelaile-massa? utelin.

– On siinä muutakin. Kumma, kun et ole jo kuullut juoruja, vai yritätkö vain olla muina naisina?

– Missä olisin kuullut? Minä en käy missään ja töissä ihmiset eivät ehdi enää edes juoruilla.

– Tapaillaan tai kai voi sanoa jo, että seurustellaan, Eija sanoi.

– Nyt kyllä ihmettelen minäkin, että en ole tiennyt tai kuullut mistään! Oisit voinut vähän vihjata. Onneksi olkoon vai mitä minun pitäisi sanoa? Joka tapauksessa tosi kiva uutinen.

– Saa onnitella, vaikka ei vielä tiedä, tuleeko tästä mitään vakavaa, mutta on meillä jo hammasharjat toistemme luona, Eija nauroi.

– Kuulostaa parisuhteelta. Miten siinä niin kävi?

– Me on tutustuttu pinnallisesti klubissa ja satuttiin kesällä yhtä aikaa samaan baariin Saarijärvellä.

– Saarijärvellä? Mitä sinä siellä teit?

– Kesälomalla poikkesin. Minun siskoni asuu siellä ja käytiin yksi ilta viihteellä paikallisessa.

– Aivan, olisi minun pitänyt muistaa. Ja mitä Huotari teki siellä?

– Timo oli myös lomareissulla.

– Olipa sattuma! Eikö silläkin ole jo aikuiset lapset?

– On joo ja onneksi. En olisi jaksanut mitään äitipuoli ja ahdistuneet teinit -säätöä. Vaikka ei nyt tosiaan muutenkaan pidä mennä asioiden edelle. En ole tavannut vielä Timon lapsia. Ja sen eksä asuu onneksi Hämeenlinnassa saakka. Ei ole pelkoa, että törmättäis Prismassa. Se olisi jotenkin vaivaannuttavaa, ehkä, Eija sanoi.

– Olen tosi iloinen sinun puolestasi. Olet ollut aika kauan yksin?

– Niin olen, kun ei ole osunut sopivaa kohdalle. Ihan vanha piika- kategoriaa oon jo ollut. Muutamia virityksiä ollut, mutta ne on kaatuneet heti mahdottomuuteensa. Rehellisesti sanottuna olen niin rakastunut Timoon, että pelkään menettäväni hänet. Olen kuin teinityttö. Olen huolissani, että hän kyllästyy minuun tai löytää minua paremman.

– Höpö, höpö. Ei sinua parempaa löydy mistään. Kippis teille, nostin lasini Eijaa kohti.

– Kippis myös teille pitkän parisuhteen pioneerit, Eija sanoi.

– Niinpä! On tässä muutama vuosikymmen mennyt yksissä.

– Se on aika harvinaista nykyaikana, Eija sanoi.

– Kaipa se on. Olen ihmetellyt, miten ihmiset jaksavat eroprosessit ja uusioperheet, kun on omia, puolison ja yhteisiä lapsia. Vaatii pitkää pinnaa ja säätämistä vuoroviikkojen, tapaamisten ja kaiken kanssa, eikä oikeastaan pääse entisestä puolisosta irti ennen kuin lapset ovat aikuisia, jos sittenkään, sanoin.

– Ei ole kokemusta, pitäiskö sanoa onneksi. Toisaalta joskus suren, kun jäin lapsettomaksi, Eija sanoi.

– Ymmärrän.

– Toisaalta olen täysin sopeutunut asiaan. Joskus vain tulee haikea olo, kun tietää, että sitä asiaa en voi enää muuttaa. En tosin tiedä, olisinko edes saanut lapsia. Ei se ole mikään itsestäänselvyys. Mulla on läheiset suhteet siskoni lapsiin. Tätinä olen saanut kaikki parhaat jutut lapsista, ja vanhemmat saavat hoitaa ongelmatilanteet.

– Se on sama kuin mummuhommissa, naurahdin.

– Ja kaiket päivät me joka tapauksessa kasvatetaan teinejä Opistolla. Ja joskus aikuisiakin, Eija sanoi.

– Niin tehdään. Tsemppiä meille!

Skoolasimme kevyesti. Vilkaisin Eijaa, joka hymyili minulle iloisesti. Olikin tavallista parempi idea, että hän istui siinä. Muuten olisin tuijottanut yksin mykkänä lempparisarjaani ruudulta.

– Voi vittu, vittu, vittu!
– Mitä nyt?
– Eihän mulla mikään ole huonosti. Lue itse. Voi helvetti.
– Mikä kirje tämä on?
– Lue se.
– Oota, pitkä teksti.
– Mitä mä nyt teen?
– Mitä tämä varasija tarkoittaa?
– Se tarkoittaa, että mulle ei ole opiskelupaikkaa ensi talveksi. Mitä vittua mä teen?
– Noidut niin kuin satamajätkät ja akateemiselle uralle pitäs päästä.
– Mitä sillä on väliä, kun en nyt tiedä, mitä mä koko talven teen?
– Sinun pitää kysellä töitä talveksi ja yrittää uudestaan keväällä. Eihän tämä nyt mikään maailmanloppu ole.
– Ihan sairaasti kiinnostaa, kun kaikki kaverit lähtee täältä opiskelemaan. En kestä jäädä tänne!
– Ikävä homma, että näin kävi ja oot pettynyt, mutta vuoden päästä sitten onnistuu varmasti.
– Vuosi on ikuisuus! Lähden käymään Manulla.
– Eikö se ole töissä?
– Menee iltavuoroon. Kyllä tämä on niin paskaa.
– Häntä pystyyn, tyttö! Aina ne asiat järjestyy.
– Niin varmaan. S-marketin kassana.
– Eikö sitä voi opiskella nykyään avoimessakin vaikka mitä.
– Mikä opo susta on tullut? Ne opinnot maksaa.
– Niin ne maksaa, vaikka olisit saanut opiskelupaikankin. Sun lapsilisiin en ole koskenut. Siinä on sulle opiskelurahaa.
– Mutta pelkästään jotkut perusopinnot maksaa satasia.

– Vaan jos se auttais ens kierroksella.

– En tiiä, huvita yhtään mikään. En minä voi asua loppuelämääni täällä sun ja Olgan kanssa.

– En minäkään sitä halua. Sun pitää elää oma elämä, mutta nyt on kyse vain yhdestä talvesta.

– Se on niin noloa. Mä en kestä. Miksi mulle kävi näin. Oon varmaan ainoa.

– Lähen nyt hakemaan Olgan asemalta.

– Vie mut samalla Manulle.

– Kyyti lähtee kahden minuutin päästä.

– Joo, joo.

13. luku

Syyslomaviikko oli takana. Olin käynyt Manun luona Norjassa. Oli mukava nähdä itse kaikki paikat ja ihmiset, joista Manu oli kertonut puheluissaan ja joista oli lähettänyt kuvia. Maiseman-vaihto virkisti kaikin puolin. Tuntui kuin olisin ollut pitempäänkin pois kotoa, kun palasin. Lomasää oli ollut osittain sateinen kuten Norjassa usein oli. Olin varautunut hyvin enkä kuvitellutkaan pärjääväni ilman lämpimiä vaatteita, joten en säikähtänyt mereltä ajoittain puskevaa puhuria ja kuurosateita. Manu asui motellissa, jossa hänen huoneensa varustukseen kuului perushuonekalujen lisäksi mikro ja minijääkaappi. Vessat ja suihkutilat piti jakaa muiden asukkaiden kanssa. Olin varannut itselleni hotellihuoneen, ja Manu asui luonani loman ajan. Kaikki oli jotenkin uutta ja jännittävää. Kuin toinen todellisuus, jossa Manukin oli vieraampi kuin kotona. Hän oli sama ihminen, mutta uudessa ympäristössä hän oli jollain tavalla erilainen. Ehkä se johtui myös ikävästäni, jonka jatkuva erossa asuminen aiheutti. Tuntui yllättäen kuin olisimme tavanneet ihan vasta. Manu oli luonnollisesti päivät töissä. Minulla oli aikaa pitkille kävelylenkeille ja rauhalliselle tutustumiselle paikkakuntaan. Tosin hän oli aamuvuorossa, joten hän oli jo kahden jälkeen iltapäivisin vapaa. Tutustuimme myös yhdessä kaupunkiin ja sen ympäristöön. Manu sai firmalta auton lainaksi, joten ehdimme ajella vähän pidemmällekin. Söimme pitkiä illallisia ja nautimme viinistä, jos emme olleet autolla liikkeellä. Seksi oli nautinnollisempaa kuin aikoihin. Oli vaikea erota.

Arki tavoitti nopeasti loman jälkeen. Uudet opintojaksot alkoivat. Opiskelijatkin olivat vielä lomafiiliksissä. Eija muistutti joka aamu, että joululoma olisi enää parin kuukauden päässä ja tsemppasi kaikkia vuoden pimeimpinä päivinä. Joulun lähestyminen huoletti minua, sillä emme olleet saaneet vielä mökin rakennuslupaa. Olimme sopineet sekä talotoimittajan että kirvesmiesten kanssa, että rakentaminen aloitettaisiin heti tammikuun alkupuolella. Manu ei ollut vielä huolissaan, mutta kehotti minua siitä huolimatta soittelemaan rakennuslupamme perään.

Soitin rakennusvalvontaan ja sen jälkeen heti Manulle. Olin raivoissani.

– Hei, mitäs sinne? Manu ehti kysyä ennen vuodatustani.

– No arvaa. Rakennuslupa ei ole edennyt lainkaan. Se on edelleen käsittelemättä, aloin paasata.

– Mikäs siinä? Meillä oli piirustukset ja muut viimeisen päälle. Vai puuttuiko jotain? Manu varmisti.

– Ei puutu, mutta sitä ei vain ole *ehditty* käsitellä.

– Onpa outoa. Luulisi, että rakentaminen kiinnostaa myös kaupungin vinkkelistä: uudet ihmiset tuovat aina rahaa paikkakunnalle, eikä pelkästään kiinteistöveroina vaan ihan kaikessa.

– Se ei ole outoa, vaan saamatonta ja täysin sietämätöntä. Ihan lapasia koko sakki.

– Älä nyt hermostu enempää, mutta minun on nyt pakko kysyä, mitkä mandaatit Kaarlolla on kaupungissa.

– En minä tiedä. Yritätkö sinä nyt sanoa, että sillä ois sormensa pelissä? En minä kyllä usko.

– Tuli vaan heti mieleen, kun hän ei pidä ajatuksesta, että asettuisimme Alinan maille. Mutta tuskin hän nyt niin juonikas on, aikuinen mies, Manu sanoi.

– Joka paikassa se on mukana. Niin älyttömän aktiivinen ja iso rooli kunnallispolitiikassa. Mutta voisko se olla niin ilkeä? Mulle ei edes tullut mieleen.

– Niin, en osaa sanoa. Mitä siellä sulle sanottiin?

— Se nainen, jonka nimeä en nyt edes muista, pahoitteli kovasti, että on jouduttu odottamaan ja vakuutteli, että asia käsitellään ja että joskus prosessi vain kestää. Mutta ihmetteli se itsekin, mikä tässä on kiikastanut.

— Lupasiko pistää tuulemaan? Manu kysyi.

— Lupasi ainakin selvittää asiaa.

— Ja soittaa sulle?

— Kai se soittaa. Pitäisikö kysyä Kaarlolta, tietääkö asiasta jotain. Ainakin se voisi omalta osaltaan edistää lupahommaa.

— Älä soita, et ainakaan nyt, kun olet jo valmiiksi pahalla päällä. Jälkeenpäin sitten vaan harmittaa. Ja toisaalta hän voi olla ihan viaton koko kuviossa. Minuakin harmittaa, että edes menin sanomaan mitään. Ja jos hänellä on jotenkin näpit tässä mukana, niin miten sinä kuvittelet, että häntä kiinnostaisi vauhdittaa luvan saamista, Manu sanoi.

— En mä voi sitten tietää, jos en kysy. Pakko soittaa, sanoin.

— Odotetaan nyt ainakin ensin, soitetaanko sulle kaupungilta ja alkaako kuulua lupaa.

— Miten kauan odotetaan? Kohta tulee joulu, eikä kukaan sitten tee lupapäätöksiä moneen viikkoon. On aika kiltisti odotettu tässä jo viikkoja, niin että pakko saada päätös nopeasti.

— Ei joulu nyt ihan heti tule. Odota ainakin pari päivää ja soita sitten kaupungille uudestaan, jos eivät soita sulle sitä ennen, Manu ehdotti.

— Tekis niin mieli soittaa Kaarlolle heti.

— Niin varmaan, mutta usko mua, on parempi, että et nyt soita, Manu vaati.

— Näkyyköhän kaupungin sivuilta, missä toimikunnissa ja lautakunnissa se istuu.

— Voi näkyäkin.

– Sen verran kyllä selvitän.

– Tässä jo samalla ehdin avata verkkosivut ja katella lautakunnat läpi. Näyttää olevan teknisessä lautakunnassakin.

– Mitä tehdään? kysyin.

– Ei mitään kuten sanoin. Odotellaan. Vaikka hän on sun sukua, niin kehottaisin siitä huolimatta pysymään nyt rauhallisena. Se voi vaan pahentaa asiaa, jos se nyt yleensäkään on hänestä kiinni. Ota huomioon, että hän ei yksin päätä mitään. Ja muutenkin ikävä alkaa riidellä sukulaisten kesken, Manu sanoi.

– En tiedä. Muutenkin tänään pinna kireällä.

– Onko jotain erityistä? Manu halusi tietää.

– Töissä taas kaikenlaista säätöä. Räntää tulee taivaan täydeltä. Minulle on migreeni tulossa. Ja tuo helvetin loisteputkikin räpsyy eteisessä. Kuka senkin vaihtaa? Minunko tässä pitää kaikki hoitaa?

– Pyydät Samulin hoitamaan sen lampun, Manu sanoi rauhallisesti.

– Sinä voisit jo lopettaa ne hommat ja tulla kotiin sieltä. Kokonaan. Meidän ois pitänyt siirtää mökin rakentaminen myöhemmäksi. En minä osaa näitä asioita, enkä edes jaksa, valitin.

– Asiat järjestyy. Nukutaan yön yli. Voin soittaa sinne huomenna ja kysellä lisää. Onko ok? Manu kysyi.

– Voitko?

– Voin, jos sinusta vielä huomenna tuntuu, että ei odotella yhtään, niin minä soitan, Manu sanoi.

– Ok. Tehdään niin.

– Mulla alkaa vartin päästä salivuoro. Oisko vielä jotain? Manu kysyi.

– Ei ole. Mee salille.

– Etkä oo mulle suuttunut?

– Olen minä vähän, myönsin.

– Kun minä olen täällä? Manu kysyi.

– Niin. Minustakin olis kiva lähteä vaan tästä johonkin, vaihtaa maisemaa ja jättää kaikki sikseen, sanoin.

– Joo. Tiedän. Kuitenkin olen täällä vaan töissä, Manu muistutti.

– Mitä sitten? Sinulla on siellä uudet kuviot.

– Työ on jokseenkin samaa kuin Suomessa, mutta paljon paremmat liksat. Me puhuttiin tämä kesällä, Manu muistutti.

– Sinä puhuit ja minä kuuntelin.

– Nyt sä vääristelet asioita. Moneen kertaan varmistin sinulta, onko ok, että lähden tänne, Manu sanoi.

– Ei puhuta enää enempää. Minä en nyt jaksa. Mee sinne salille.

– On ikävä lopettaa puhelu näin.

– Niin varmaan, mutta minun mieli ei tässä nyt parane, kun joudun vielä epäilemään omaa sukulaista, kun sinä sen keksit, sanoin.

–En tarkoittanut loukata. Se oli pelkkää spekulointia. Anteeksi, Manu sanoi.

– Suljen nyt puhelimen.

– Joo, mä soitan sulle illemmalla, jos haluat vielä jutella, Manu ehdotti.

– Okei, moikka.

Suljin puhelimen. Kävelin keittiöön ja join lasillisen vettä, vaikka minua ei yhtään janottanut. Olin jostakin oppinut, että jos on oikein kiihtynyt, niin kannattaa juoda vettä. Siinäkin on tietysti se riski, että jos on tarpeeksi vihainen, niin lasi voi lentää seinään. Nyt pidin sen tiukasti hyppysissä, ja join tyhjäksi.

– Mulla on yksi juttu sulle.

– Okei. Mitä nyt?

– Mä lähden viikon päästä Kreikkaan.

– Lomalle? Kenen kanssa?

– Eikun töihin. Yksin.

– Et oo tosissas.

– Olen minä. Pakko mun jotain tehdä.

– Ja mikä pakko juuri Kreikassa? Entäs me? Entäs minä? Eikö sillä ole mitään merkitystä sinulle?

– Tietysti on.

– Mutta ei niin paljon, että sä jätät mut?

– En minä jätä sinua. Ei meidän tarvitse erota sen takia. Minä tulen takaisin.

– Milloin?

– En minä vielä tiedä. Turistisesonki jatkuu marraskuulle.

– Marraskuulle?

– Niin ja sitten tulen takaisin Suomeen, ainakin jouluksi ja sen jälkeen lähden johonkin muualle töihin.

– Miksi helvetissä et voi pysyä Suomessa?

– Haluan nähdä maailmaa. Mulla ei ole opiskelupaikkaakaan. En jää tänne tuppukylään, kun kaikki lähtevät. Sinäkin lähdet. Nyt on hyvä mennä.

– Sä olet itsekäs.

– Enkä ole. Mikä tässä on väärin?

– Sä voisit tehdä töitä Suomessakin. Sä olisit töissä ja mä opiskelisin. Voitais muuttaa yhteen.

– Mutta kun mä en halua. Sulla olis opiskelijabileitä ja muuta ja mä olisin ihan ulkopuolinen kaikesta. Istuisin jossain Alepan kassalla ottamassa hintaa lenkkimakkarasta ja keskarista. Ei käy.

– Tuskin saat muualtakaan kummempaa hommaa. Mitä sä siellä Kreikassa teet?

– Meen töihin Korfulle pieneen hotelliin. Teen siellä kaikenlaista, mitä nyt vaan tarvitaan.

– Sekö on hienoa sitten?

– En minä tiedä, mutta saan puhua englantia, tapaan uusia ihmisiä ja tutustun erilaiseen kulttuuriin.

– Sä olet sitten päättänyt niin.

– Joo. Kerroin jo isälle ja Olgalle. Ne otti yllättävän tyynesti.

– Mä rakastan sua, Riitta! Älä lähde.

– Niin minäkin sua, mutta pärjätään kyllä. Yksi talvi vaan.

14.luku

Olin sopinut Eijan kanssa, että menisimme pizzalle suoraan töistä. Niinpä suljin koneen vähän ennen neljää. Päätin antaa kaikkien Wilma-viestin lähettäneiden odottaa vastausta seuraavaan päivään, vaikka tiesin jo, että naputtelisin illan tullen viestejä kotona. Eija oli vihjannut, että hänellä oli jotain asiaa, joka olisi mukavampi puhua muualla kuin koulussa. Toivoin mielessäni, että hänellä olisi kaikki hyvin. Ei suhteen päättymistä, sairautta tai muuta ikävää. Eija oli lopettanut työpäivänsä hieman minua aiemmin ja ehtinyt käydä kotona ennen kuin tapasimme pizzeriassa. Hän oli valinnut ravintolan perimmäisen nurkan pöydän ja vilkutti sieltä iloisesti.

– Moi, hän huikkasi.

– Heippa. Oletko odottanut pitkään?

– En ole. Ihan hetki sitten tulin. Tarjoilija näyttää tulevan jo tänne, hän sanoi minulle.

Kun olimme tehneet tilauksen, saimme pöytään kannullisen jäävettä ja kehotuksen hakea alkupalaksi salaattipöydän antimia. Teimme niin. Palasimme takaisin pöytään lautastemme kanssa.

– Olipa taas päivä. En ole ehtinyt juuri pyrstölläni käydä. Joko kuulit, että olen nyt sitten johtoryhmän päätöksellä mukana työryhmässä, joka valmistelee maahanmuuttajien koulutuksen aloittamista, Eija puuskahti.

– Ai jaa. En tiennyt, mutta eikö juuri sinun pidä ollakin siinä? Minulla sentään opetus loppui kolmelta, niin ehdin vilkaista sähköpostia ja Wilmaa.

– Joo, tietysti, mutta siihen ei ole työsuunnitelmassa tuntiakaan resurssia. Mistä mä revin ajan siihen?

– Tyypillistä. Voitko jättää mitään pois? kysyin.

– En usko, että se käy. Sitten ihmetellään, kun toukokuun alussa on jo tunnit täynnä ja pitäs vielä opettaa lisää, Eija sanoi.

– Etkö pysty tasoittamaan vai onko sulla opetusta joka päivä? Pidä puolesi, kun joulun jälkeisen jakson lukujärjestyksiä tehdään.

– Pitää yrittää. Jotenkin vaan masentaa, kun mua kiinnostaa kovasti maahanmuuttajakoulutus, eikä ole oikeasti aikaa siihen. Suomen kielen taito helpottaa paljon kotouttamisessa, Eija sanoi.

– Joo, tämäkö sua nyt painoi? Oliko siinä jotain muuta nakitusta sinulle? Luultavasti siitä koulutuksesta napsahtaa mullekin hommia, jos tulee jotain tarvetta selvittää asioita englannin kielellä tai jotain. Mutta en ole missään työryhmässä tosin.

– Ei tämä, vaikka nyt aloitinkin työasioista. Kuulin yhden jutun, josta halusin puhua sinulle ehdottomasti. Ihan varalta vaan, Eija jatkoi.

– Okei. Anna kuulua. Teit jo päivällä minut tosi uteliaaksi. Onko hyviä vai huonoja uutisia? kysyin.

– Miten sen nyt ottaa, Eija sanoi.

– Älä nyt enää panttaa! sanoin.

– No, sä tiedät, että minä ja Timo ollaan yhdessä. Nyökkäsin suu täynnä salaattia.

– Sitä et tiennyt, että hän on kotoisin Kuusamosta?

– En tietenkään, ei ole tullut puheeksi tai siis et ole kertonut, vastasin.

– Ja kun hän on kunnanjohtaja, niin tietysti heillä on omat verkostonsa täällä Pohjois-Pohjanmaalla niin kun missä vaan ammatissa.

– Luonnollisesti.

– No, hän oli tavannut jollain kuntapäivillä Kuusamon kau-
punginjohtajan, jonka tietysti tuntee muutenkin. Siinä oli
sitten tullut puheeksi, että Kuusamo on kiinnostunut myös
tuulivoimarakentamisesta tai siis halukas ottamaan tuuli-
voimafirmoja alueelleen. Siellä on kuulemma esimerkiksi
Posiolla myllyjä, Eija kertoi.

– Okei?

– Siinä olivat asiasta jutelleet, niin oli tullut ilmi, että Kur-
kijärvi olisi yksi mahdollinen tuulivoima-alue.

– Ai, sehän on vähän ikävää, paitsi, että ei niitä kenenkään
tontinrajalle saa rakentaa. Periaatteessa kyllä kannatan tuu-
livoimaa. Se on puhdasta energiaa moneen muuhun verrat-
tuna, sanoin.

– Yleensä emme puhu paljon työasioista, kun ollaan yh-
dessä, mutta oon Timolle kertonut, että sun mökkirakenta-
minen takkuaa, kun et ole saanut rakennuslupaa.

– Tuskin ne nyt siihen meidän tontille ovat rakentamassa
tuulivoimaa. Se on kuitenkin alle hehtaarin pala, sanoin.

– Ei nyt ihan, mutta on sun tontti niin lähellä, että sulle pitäs
ehkä maksaa korvauksia, jos ne voimalat nousee suunnitel-
luille paikoille, Eija sanoi.

– Ei hemmetti!

– Ja mulle tuli tietysti mieleen, että jos se sun sukulaismies,
josta oot puhunut, haluaakin tonttisi sen takia, että haluaa
tienata voimaloilla, eikä ole mistään kesämökkeilystä kiin-
nostunut.

– No huh huh. Odota, mun pitää hetki ajatella sitä, mitä ker-
rot. Niin että Kaarlo haluais paikan sen takia, että tekis bis-
nestä tuulivoimayhtiön kanssa. Tienaako siinä niin hyvin?
kysyin.

– En minä tiedä, miten ne korvaukset menee, mutta ilman
muuta voimalan rakentamisesta korvataan maanomistajille.

Mutta tosiaan ei ole mitenkään varmaa, että juuri sinne voimalat rakennetaan edes, joten tämä on vain mun kieroutunutta spekulointia. Omistaako Kaarlo sieltä metsää tai muuta? Eija jatkoi.

– Omistaa. Minun tontin rajalta alkaa sen metsä. En tiedä, montako hehtaaria. Mitä mun nyt pitäs tehdä? ihmettelin.

– Ei kai välttämättä mitään, kun ei sun tarvi myydä ja kai rakennuslupakin on tulossa, mutta kyllä nämä kuviot voi vaikuttaa.

– Miten minä en ole tiennyt noista voimalakuvioista! ihmettelin.

– Sä et lue Koillissanomia tai muuta. En minäkään tietäis, jos nyt ei olis sattunut olemaan tämmöstä sisäpiiritietoa, joka on siitä huolimatta julkista tietoa.

– Voit uskoa, että olen tyrmistynyt. Mun pitää heti huomenna soittaa kaupungille, sanoin.

– Joo, kannattaa.

– Alkoi kyllä huolestuttaa, onko koko rakentaminen järkevää, jos on tuulivoimala naapurissa.

– Minä en yhtään tiedä, miten ne on sinne suunniteltu, mutta löytyyhän niistä dokumentit. Ja toisaalta rakentaminen ei käy tuosta vaan, vaan pitää tehdä ympäristövaikutuskartoituksia ja muuta, Eija kertoi.

– Sinä olet ihmeen hyvin perillä asioista?

– Sanoin tosin, että emme työasioista paljon, mutta kyllä niistä tulee puhutuksi aina jotain, Eija totesi.

– Oon ihan hämmentynyt ja vähän hermostuttaakin. Pitää soittaa heti Manulle, kun menen kotiin.

– Älä nyt vielä stressaa. Välttämättä mikään ei ole huonosti, mutta ajattelin, että sun on hyvä tietää, jos et ole tietoinen jo, Eija sanoi.

– Kiitos tosi paljon näistä tiedoista. Oon tosiaan ollut ihan kujalla.

– Eipä kestä. Ai niin. Siellä on muuten pari muutakin mahdollista sijoituspaikkaa tuulipuistolle, joten ei se teidän perukka ole ainoa vaihtoehto. En muista, mitä ne oli, Eija sanoi.

– Toivotaan, että löytyy joku muu paikka. Muistelen, että on joku suunnitelma, missä puistoa on kaavailtu Riisitunturin läheisyyteen, mutta voi olla, että sekin on kariutunut. Ihmiset eivät pidä, että voimalat rikkoisivat kauniin maiseman.

– Sepä se. Sähköä tarvitaan, mutta myllyjä ei halua kukaan tai aina on joku sitä mieltä, että suunniteltu paikka ei ole hyvä. Pitäskö ne vaan rakentaa sopivalle etäisyydelle paikkoihin, joissa on jo muutenkin rakennettua infraa. Ikään kuin upottaa ne taajamamaisemiin, Eija ehdotti.

– Jaa-a. En osaa sanoa. Päässä on nyt sata kysymystä, joihin kaipaan vastausta. Minä uskon, että Kaarlo on näistä suunnitelmista tasan tarkkaan perillä, vaikka ei ole sanallakaan vihjannut. Se minua ottaa raskaasti pattiin. On vain puhuttu, että Janne tarvis kesämökkitontin ja suorastaan syyllistetty minua, kun en sitä onnea hänelle suo, harmittelin.

– Voi se olla tottakin, että Janne haluaa tontin, sikäli mikäli puistoa ei sinne rakenneta ja jos rakennetaan, niin Kaarlo käärii korvaukset talteen. Aikamoinen win-win-tilanne heille. Yksi mutka vaan matkassa: sinä, Eija summasi.

– Ja aion pysyäkin, jos ei tarvi ihan voimalan varjoon rakentaa, sanoin.

– No mutta. Tästä varmaan jutellaan vielä monta kertaa, jahka asiat etenevät, Eija arveli.

– Voit olla ihan varma. Mitä muuta te olette tehneet kuin käsitelleet työasioita? Huomaa, että edes yritän kääntää keskustelua muihin aiheisiin, sanoin.

– Varattiin matka joululomalle. Hei-hei lanttulaatikko ja kinkku.

– Mihin meinaatte matkustaa? kysyin.

– Vietetään joulu Kanarialla. Joo, tiedän, se on vähän tusinatavaraa ja mielikuvituksetonta, mutta riittää meille. On siellä kuitenkin hieman lämpimämmät lenkkeilyilmat kuin täällä. Ja muutenkin mukava liikkua yhdessä siten, ettei kukaan tunne. Ihan omassa rauhassa, Eija selitti.

– Eikö sielläkin asu paljon suomalaisia eläkeläisiä? Varmasti pääsette maistamaan johonkin suomalaisen joulupöydän antimia, laulamaan joululauluja ja tekemään muuta mukavaa yhdessä, sanoin.

– Eiku mua ei nyt kiinnosta perinteinen joulu yhtään. Se on perheettömälle ylipäätäänkin vähän ikävää aikaa. Jouluruokaa ehtii saada pikkujouluissa ja opiston jouluateria on hyvä.

– Ymmärrän. Joulu on perhejuhla. Oli meilläkin tuossa välillä vähän hiljaisempia jouluja, mutta lastenlasten myötä niihin tuli taas eloa. Maisemanvaihdos piristää aina. Jopa tuommonen lyhyt piipahdus Norjassakin tuuletti hyvin päätä.

– Onko Manu joulun Suomessa, kyllä kai? Eija kysyi.

– On joo. Telakka on melkein kaksi viikkoa kiinni.

– Millaista siellä muuten oli?

– Tuulista ja kylmää, mutta kaunista. Ystävällisiä ihmisiä. Tykkäsin. Menen viimeistään talvilomalle uudelleen, vastasin.

– Miten pitkään Manu aikoo siellä olla?

– Jos sopimuksen mukaan jatkaa, niin on se siellä kesään saakka, sanoin.

– Pääsee sitten sun kanssa mökille viettämään kesää.

– Saapa nähdä. En jaksa edes ajatella asiaa. Tuntuu, että ensi kesään on ikuisuus.

– Ei ole. Yhtäkkiä huomaat, että taas suvivirsi raikuu, Eija nauroi.

– Nyt taitaa tulla meidän pizzat. Aika nopea palvelu, ihmettelin.

– Hyvä, sillä mulla onkin kamala nälkä, kun jäi ruokkis pitämät-tä. Maltoin kotona mieleni ja join vain lasillisen vettä.

Tarjoilija kantoi höyryävät pizzat pöytään. Tartuimme ruokailuvälineisiin, ja aloimme syödä heti.

15. luku

Mustasta marraskuusta oli enää rippeet jäljellä. Lunta tuli taivaan täydeltä kuin joku olisi avannut hiutalepussiin liian suuren aukon. Pyry tunki silmiin, kaula-aukosta sisään, kuorrutti autot ja puut valkoisella vanullaan nopeasti. Katselin ikkunasta lumeen peittyvää pihapolkua. Olin tyytyväinen, että oli lauantai, eikä minun tarvinnut mennä mihinkään. Samuli oli luvannut tulla piipahtamaan tyttöjen kanssa. Laitoin pakastepullat paistumaan uuniin.

Puhelin soi. Kävin nappaamassa sen keittiöstä käteeni ja vastasin. Soittaja oli Manu.

– Hei, mitäs sinne? Manu kysyi.

– Ei muuta kuin älytön lumipyry. Odottelen Samulia ja tyttöjä käymään.

– Harmi, kun jäi eilen soittamatta. Ois pitänyt ennen iltavuoroon menoa.

– Ei se haittaa. Oisin laittanut viestin, jos ois joku hätä ollut, sanoin.

– Ei mitään uutta?

– On uutta.

– Kerro heti.

– Saatiin se raksalupa! hihkaisin.

– Etkä voinut laittaa edes viestiä? Manu ihmetteli.

– Ajattelin, että tänään on aikaa puhua, niin ei ole väliä, vaikka nukkuu yön yli. Ja eikö se tullut sun sähköpostiin myös?

– En ole katsonut postia sitten eilisaamun. On voinut tullakin. Vihdoinkin! Onpa hieno homma!

– Kauan siinä meni, huokaisin.

– Pääasia, että ajoissa kuitenkin. Nyt ei sitten muuta kuin varmistukset kirvesmiehille. Talotehtaan kanssa ei pitäs olla mitään epäselvyyksiä. Ehdittiin kauppa tehdä, vaikka riskillä sekin.

– Aika tyhmiä oltiin kyllä, sanoin.

– No ei käynyt mitenkään, Manu sanoi.

– Ei pitäs olla niin sinisilmäinen. Luulisi, että on sen verran elämä opettanut.

– No joo, mutta ei sitä nyt kannata harmitella enää. Minä nyt ajattelin, että se on selvä peli, kun tontilla on jo rakennus.

– Nyt sitten seuraavaksi jännitetään, miten tuulivoimapuiston kanssa käy, sanoin.

– Sitä ei kannata murehtia yhtään. Se on niin pitkä ja epävarma prosessi. Koko Kurkijärvi on sijoittelulistassa vasta neljäntenä eli on aika selvä homma, että muualle rakentavat, jos ylipäätään rakentavat. Minun mielestäni voidaan unohtaa koko asia, Manu vakuutteli.

– Toivotaan, että olet oikeassa. Vaikka samaa sanoivat kaupungintalolla, että ei ole todennäköistä, että Kurkijärvi on loppupeleissä mukana. Mahtaa Kaarloa harmittaa.

– Se on kehäkettu. Ei ole varmaan moksiskaan. Sillähän voi olla sopiva palsta jossain muualla. Oletteko olleet yhteyksissä? Manu kysyi.

– Ei. Mitäpä minä hänelle soittelemaan? Ei soiteltu juuri Alinan eläessäkään. Kaipa hän on jo Alinan osakkeen myynyt. Eikä sekään kuulu minulle mitenkään.

– Sano sitten Samulille, että tekee lumityöt, Manu sanoi.

– Ajattelin tehdä itse. Saan liikuntaa ja happea. Mikä täällä käryää? Voi ei! Unohdin, että mulla on pullat uunissa. Nyt lopetetaan. Hei hei! huudahdin.

Säntäsin keittiöön, mutta olin myöhässä. Otin patalapun ja vedin kuuman pellin uunista ulos. Pellillä kökötti rivi mustuneita pikkupullia. Ei ollut ensimmäinen kerta, kun olin onnistunut polttamaan pakasteleivonnaiset. Nostin leivinpaperin ja kippasin koko satsin roskikseen. Onneksi minulla oli toinen pussillinen vielä pakasteessa. Nappasin sen ja aloitin homman uudestaan. Päätin istua vahtimaan paistumista kuin kärsivällinen kissa myyränkololla. Kun vedin pellillisen uunista kauniinruskeiksi paistuneita pullia, ovikello soi. Heitin patalaput pöydälle ja lähdin avaamaan ovea, jonka takana Samuli ja tytöt odottivat. Samulilla oli kyllä avain vanhaan kotiinsa, mutta hän ei käyttänyt sitä silloin, kun tiesi, että olimme kotona.

– Heippa mummu, Kaisla sanoi tullessaan sisälle.

– Mikä täällä kärtsää? Kanerva kysyi ja heitti lumisen piponsa naulakkoon ravistelematta sitä.

– Ei mikään enää. Paistoin vähän liian pitkään pullia.

– Paloiko ne pilalle? Kaisla kysyi.

– Joo, ihan kelvottomiksi, vastasin.

– Pitäiskö susta olla huolissaan? Samuli kysyi puolileikillään.

– Ei tarvi. Satuin vain unohtumaan puhelimeen. Isäsi soitti, vastasin.

– Ei ollut eka kerta, mummu, Kanerva sanoi.

– No ei ollut. Myönnetään, sanoin.

– Mutta nämä ovat hienoja. Joko maistellaan? huusi Kaisla keittiöstä, jonne oli rynnännyt riisumatta ulkovaatteitaan.

– Maistetaan, mutta tule nyt riisumaan vaatteesi, sanoin.

Menimme kaikki keittiöön. Nostelin pöytään laseja, mukeja ja lautasia. Laitoin kahvin tippumaan. Keräsin pullat pelliltä lasilautaselle ja nostin pöytään. Tytöt tarttuivat niihin heti. Otin jääkaapista mehutölkin ja maitoa. Samuli täytti lasinsa ja otti myös lämpimän pullan.

– Tämä on niin hyvää. Lämmin pulla ja kylmä maito, hän sanoi suu pullaa täynnä.

Samuli oli ollut pienestä asti perso pullalle. Silloin olin leiponut ja pakastanut isoja määriä vehnästä. Nyt en enää viitsinyt kuin harvoin. Tyydyin valmispakasteisiin tai ostin kaupasta pullan paistettuna. Kaisla tosin sai minut innostumaan leipomisesta silloin tällöin.

– Mitäs isä? Kaikki hyvin? Samuli kysyi raesokeria suupielessään.

– Kaikki hyvin. Tulee vasta jouluksi kotiin. On itsenäisyyspäivän pitkän viikonlopunkin siellä.

– Ei kai se kannata edestakaisin reissata. Sekin on aika väsyttävää ja lisäksi kuluttaa luontoa, Samuli sanoi.

– Papan pitäs kyllä tulla. Kuka nyt rakentaa meidän kanssa lumilinnan? Kaisla kysyi.

– Toivotaan, että jouluna on paljon lunta. Silloin papalla on loma ja paljon aikaa touhuta teidän kanssa, sanoin.

– Lumilinnan rakentaminen on lapsellista, Kanerva sanoi.

– Eikä ole, Kaisla intti.

– On se, mutta sinä oletkin vielä ihan ipana, Kanerva kuittasi.

– Enkä ole!

– Tytöt, nyt ette aloita, Samuli sanoi.

– Me on sitten saatu mökin rakennuslupa, ilmoitin.

– Oho, onneksi olkoon! Samuli sanoi.

– Me ollaan mökillä koko kesä. Voin uida joka päivä, Kaisla sanoi.

– Tyhmä, ei joka päivä voi uida, Kanerva sanoi.

– Minä uin, Kaisla sanoi.

– Niin ja katsotaan nyt, onko mökki valmis ensi kesäksi, sanoin.

– Milloin rakentaminen alkaa? Samuli kysyi.

– Heti tammikuussa.

– Jotenkin hullu aika rakentaa, Samuli sanoi.

– En minä tiedä, onko hullu vai ei, mutta kyllä se rakennus-firmalle sopi.

– Onko laina-asiat reilassa? On aika kallista maksaa kirves-miehille palkkaa, Samuli huolehti.

– On, on. Toivotaan, että lainamäärä ja säästöt riittävät. Oisko pitänyt vaan antaa olla ja ois käytetty Alinan mökkiä sen mitä pystyy? Olisihan sinne voinut vuokrata vaikka asuntovaunun lisäksi, niin olisi voinut yöpyä.

– Älä nyt ala epäröidä, kun olette päätöksen tehneet, Samuli sanoi.

– Niin ja kai siitä saa rahansa pois, jos oli virheinvestointi. Rakentaa valmiiksi ja myy vähän kalliimmalla, mitä itse sii-hen satsaa.

– Saa varmaan. Mökkibuumi on nyt kova, mutta toki vaih-telua voi olla vuosittain. Sitä paitsi älä nyt ole myymässä mökkiä, jota ei ole vielä rakennettukaan. Siitähän voi tulla tosi mukava paikka, jossa kaikki viihtyvät. Siis tarkoitan meidän perhettä ja Siiriäkin. Kyllä se nyt jossain vaiheessa ehtii Suomeen, Samuli sanoi.

– No sitä ajattelinkin, että olisi niin mukava viettää siellä aikaa yhdessä. Soititko Siirille? kysyin.

– On me nyt soiteltu silloin tällöin. Ihan kiva. Ois mukava piipahtaa Lontoossa katsomassa sen uutta kotia ja sun vä-vyehdokasta. Oon jutellut Johnin kanssa myös. Vaikuttaa hyvältä tyypiltä. Ja hyvä siitä sun mökistäkin tulee. Sinä murehdit ihan liikaa kaikesta.

– Mummu, haluan lisää mehua!

– Muistelepa, mitä on harjoiteltu eli? Samuli sanoi Kaner-valle.

– Voisinko saada lisää mehua, mummu? Kanerva sanoi.

– Tietysti, minulla on toinen purkki jääkaapissa. Odotapa, kun otan sen pöytään, sanoin.

Nousin pöydästä, ja otin ananasmehupurkin kaapista. Kaadoin lasillisen Kanervalle. Täytin myös Samulin ja minun mukit höyryävällä kahvilla. Unohduimme hetkeksi omiin ajatuksiimme, ja keittiön täytti tyytyväinen hiljaisuus.

– Hei Riitta, lyhyt puhelu vaan.
– Hei Olga. Onko kaikki hyvin?
– Ei olla. Sinun isä sairaala.
– Mitä nyt? Mitä on tapahtunut?
– Kipeä. Tutkivat. Maha.
– Pärjäättekö te?
– Hyvin sairas. Pitäskö sinä tulla kotiin?
– En tiedä. Voinko soittaa hänelle?
– Ei jaksa puhua.
– Soitan illalla uudestaan, jos lääkärit olisivat ehtineet tutkia. Voikohan sinne sairaalaan soittaa jollekin hoitajalle? Missä isä siellä on?
– Meni ensiapuun. Olen siellä myös.
– Minä soitan sinne tai jos laitat vaikka viestin, jos siirretään osastolle, niin tiedän mihin soittaa. Ok?
– Hmm. Kyllä.
– Itketkö sinä? Onko tilanne niin paha? Jouluna kaikki oli hyvin.
– Joo.
– Odotan tämän päivän tutkimustulokset, mutta jos ne ovat huolestuttavat, niin alan selvittää lentoja.
– Hyvä. Sinä tärkeä.
– Kiitos, kun olet siellä isän luona. Laita viestiä, niin soittelen. Tsemppiä kovasti. Terveiset isälle.
– Hän nukkuu nyt. Sai lääke. Tiputus.
– Hyvä. Jospa se on jotain ohimenevää, vaaratonta. Vatsa voi kipeytyä niin monista syistä. Mun on pakko jatkaa töitä. Kiitos, että soitit. Palataan!
     Ei minulle voinut käydä niin. Isä paranisi. Pakko parantua. Se oli jotain ohimenevää. Joku virus, katarri, joku. Jatkoin töitä. Mekaanisesti. Päätin selvittää seuraavalla tauolla lennot Suomeen.

16.luku

Oli jälleen yksi joulu takana. Perhe oli viettänyt aikaa yhdessä. Manu lähti takaisin Norjaan. Aloin virittäytyä kevätlukukauteen, jolloin olisin myös etämökinrakentaja. Kun pohjat oli avattu, alkoi tippua rakentamiseen liittyviä laskuja. Kauhistelin niiden summia. Soitin tuon tuostakin Manulle ja varmistin, että summat olivat oikeita ennen kuin maksoin ne. Tuntui, että pankista saatu laina hupenisi kättelyssä ja niin paljon oli tekemättä. Tammikuun puolivälissä tuli hirsipaketti tontille talotehtaalta, ja pystytys pääsi käyntiin. Paikallinen työnjohtaja lähetteli minulle kuvia kehikon kasaamisesta. Päätöksemme rakentaa uusi koti alkoi konkretisoitua lumisessa maisemassa töröttäviksi hirsiseiniksi. Plarasin juuri kännykästä kuvia, kun puhelin soi.

– Terve.

– No hei. Mitä kuuluu?

Ehdin jo miettiä mielessäni, mitä olisi edessä, kun Kaarlo jatkoi.

– Ei pakkasta paskempaa. Aloititte sitten rakentamisen.

– Niin tehtiin. Juuri tässä katselin kuvia työmaalta.

– Siellähän saavat huseerata, miten vain, kun ette pääse paikalle. Kuulin, että Manukin on Norjassa asti, Kaarlo sanoi.

– On joo vielä kesään saakka. Eikö tuo liene ihan luotettava rakennusfirma, siis Ronkainen.

– Kyllä, kyllä, mutta siinä voidaan kusettaakin asiakasta, joka ei välitä seurata työnlaatua, Kaarlo sanoi.

– Ei se ole välittämisestä kiinni niin kuin tiedät. Töiden takia ei voida olla vahtimassa rakentamista Kuusamossa. Kyselin monta firmaa ja myös taustoitin. Ronkainen kuuletti olevan hyvä tekijä, vastasin.

– Toki Ronkainen itse on, mutta millaisia työmiehiä sattuu olemaan milloinkin. Täällä on kirvesmiehistä pula. Onko ne suomalaisia, teidän työmiehet? Kaarlo kysyi.

– Luulisin nimien perusteella. En ole kysellyt. Ei kai se kansallisuudesta ole kiinni, miten rakentaa.

– En minä nyt sitä varmaksi sano. Niissä komennusmiehissä on ammattilaisia ja ihan lusmuja.

– Niin kuin suomalaisissakin. Onko tuulipuistohankkeet edenneet? kysyin.

En malttanut olla nakkaamatta tuulipuistoasiaan keskusteluun.

– Jaa, olet niistä kuullut? Kurkijärvi tippui jo pois, jos sitä pelkäät.

– En pelkää, mutta sen takiako halusit Alinan tontin? Oisit hyötynyt myllyistä maanomistajana?

– Janne sen olisi halunnut niin kuin hyvin tiedät, Kaarlo vastasi.

– Mutta jos puisto olisi rakennettu, niin tuskin olisi Jannekaan rakentanut sinne. Kai se nyt kiinteistön arvoon vaikuttaa, jos puisto on samalla perukalla? jatkoin kyselyäni.

– Eipä ollut puhetta, kun et ollut halukas myymään, Kaarlo vastasi.

– Et voi myöntää?

– Mitä noista vatvoo. Se on nyt vanha asia ja sinä pidit pääsi. Samanlainen jäärä kuin isäsi, vaikka et niin aatteen ihmisiä taida ollakaan.

Teki mieli sanoa ilkeästi. Hengitin syvään ja yritin pitää kieleni kurissa. Vaihdoin puheenaihetta lennosta.

– Mitä teille kuuluu? Aulikille ja muille?

– Mitäs tässä tai no jaa. Minusta tulee vaari.

– Hyvänen aika. Sehän on iloinen uutinen. Jannelle ja Ninalle vauva?

– Joo niille. Kesällä jo. Jää vähän lyhyeksi yrityksen pyörittäminen. Ois ehtineet myöhemminkin tenavia hommata, Kaarlo sanoi.

– Onnea kovasti! Nina varmaan löytää hyvän työntekijän, joka pyörittää liikettä äitiysloman ajan.

– Se olisi parempi aina kun ite tekee, Kaarlo tokaisi.

– Raskautta ei voi siirtää toiselle. Jos meinaa lapsia saada, niin sitten on pakko luottaa muiden tekemiseen ja hoitaa itse lapsenteko.

– Aina voi miettiä, milloin se on viisasta.

Kaarlo ei antanut periksi mielipiteestään ja ihmettelin, miksi itse aloin ylipäätään jankata asiasta.

– Jos koko elämän laskee riskejä ja uhkia, niin ei varmasti koskaan ole oikea aika, intin vastaan.

– No, asia nyt menee, niinkö menee, Kaarlo hymähti.

– Äitiysloma on lyhyt aika elämästä, ellei sitten on vanhempainvapaata.

– Yrittäjällä ei ole vara semmosiin. Päivähoito on keksitty ja toimii muuten hyvin meidän kaupungissa, Kaarlo totesi.

– Sehän on hyvä asia. Siellä tuntuu toimivan kaikki paitsi rakennuslupien saaminen. Onko Aulikki innoissaan uudesta tulokkaasta? On varmaan?

– Tietysti. Ei se muusta puhukaan. Kutimet vaan viuhuu käsissä, kun lapsi on vaatetettu päästä varpaisiin, vaikka ei ole vielä moneen kuukauteen maailmassa.

– Kerro terveisiä ja onnitteluja, pyysin.

– Joo. Kerrotaan.

– Se on pakko vielä toistaa, että kyllä tuli hitaasti rakennuslupa, sanoin.

– Meillä rakennetaan paljon. Ei tarvi luulla, että on ainoa luvanhakija. Hakemuksia on aina jonossa, Kaarlo sanoi.

118

– Ei luultukaan, mutta siinä oli kumminkin ollut jotain häikkää. Tiedätkö asiasta?

En malttanut olla kysymättä asiasta, vaikka tiesin ärsyttäväni Kaarloa.

– En kai minä joka asiaa tiedä takitilleen. Jospa teillä ei ollut paperit kunnossa? Kaarlo epäili.

– Ei kun ne nimenomaan oli. Soitin ja varmistin.

– Jaa, kenelle soitit?

– Se oli Hannele Tuomi, vastasin.

– Se on muualta tänne muuttanut loppukesästä. Ei ole niin hyvin perillä asioista, Kaarlo vähätteli.

– Minun mielestäni hän oli erittäin asiallinen ja ystävällinen. Ja selvisi lopen, että asia oli jätetty yhdessä kokouksessa pöydälle ilman mitään varsinaisia perusteita. Liittyi jotenkin tuulivoima-puistorakentamiseen, kerroin.

– Väitätkö sinä, että minä olisin ollut jarrumiehenä, häh? Kaarlo kysyi.

– Kunhan kysyin, että tiedätkö sinä asiasta. Ei minulle kerrottu, kuka olisi ollut jarrumiehenä.

– Minä nyt en niin kiinnostunut ollut Alinan pienestä maapalasta, mutta aattelin, että kannattaako tuohon antaa rakentaa, kun tulee sitten vaan myöhemmin valitusta mahdollisesta puistosta, Kaarlo sanoi.

– Niin että olit asialla?

– Kokouksessa olin kyllä, Kaarlo myönsi.

– Okei. Eipä siinä sitten mitään. Päätös kuitenkin tuli niukasti ajoissa, vaikka hermostutti odottaa.

– Jaa, eipä tässä kai kummempia, Kaarlo sanoi.

Hän oli selvästi haluton jatkamaan puhelua pidempään. Minullekin riitti, kun olin saanut vastauksen minua nakertaneeseen asiaan.

– Kerro onnittelut myös Jannelle ja Ninalle.

– Selvä. Se on moro. Ja käykää nyt siellä tontilla ennen kuin rakentavat valmiiksi, Kaarlo kehotti.

– Tietysti. Sitten kun Manu on taas käymässä Suomessa.

17.luku

Oli maaliskuinen perjantai. Olin viimeistä päivää hiihtolomalla. Mittari pysyi visusti pakkasella, mutta keli oli erinomainen. Ajoimme Manun kanssa Koillismaata kohti. Hän oli saapunut Suomeen pari päivää aiemmin. Hän oli ollut niin väsynyt, että kotipäivät olivat kuluneet nukkuessa tai lepäillessä. En patistanut häntä mihinkään, vaan annoin toipua rauhassa, koska oli jaksettava käydä mökkityömaalla. Tiesimme, että emme ehtisi tapaamaan kirvesmiehiä, jotka lähtivät työmaalta jo kahden maissa viikonlopunviettoon. Luotin, että Manu huomaisi mahdolliset puutteet tai virheet, jos niitä olisi. Olimme käyneet edellisen kerran kuukausi sitten.

Kun käännyimme mökkitielle, minusta tuntui kuin olisin kotitiellä. Joka käynnillä kiinnyin entistä enemmän vaaraiseen maisemaan ja sen tykkylumipuihin, jotka maaliskuun aurinko ja kovat tuulet olivat jo tosin hajottaneet. Aurinko sai hangen kimaltamaan kuin Kaisla olisi ripotellut askarteluhilettä ympäriinsä. Onneksi minulla oli aurinkolasit, sillä hanki ja kova auringonpaiste herättivät helposti migreenin.

Manu pysäytti auton. Kömmin ulos kankein jaloin. Ravistelin käsiä ja jalkoja. Vedin toppatakin vetoketjun kiinni ja laitoin pipon päähän. Manu tuli jotenkin hitaasti autosta ulos. Hän oli ollut aika vaisu koko matkan. Hän lähti kuitenkin kävelemään päättäväisesti rakennustyömaata kohti.

Pujahdimme sisälle ovesta, joka vielä vaihdettaisiin toiseksi. Sähköt oli vedetty. Lattia oli jo valettu ja huoneita erottavat piirat olivat pystyssä. Pohjaratkaisu alkoi konkretisoitua.

– Miten nuo makkarit näyttävät niin pieniltä. Ja oikeastaan ihan kaikki tilat näyttävät niin pieniltä. Miten tänne mahtuu olohuone ja keittiö. Ja sauna ja vessa? En ymmärrä.

– Kyllä ne mahtuvat. Avoin tila jotenkin huijaa, Manu vastasi.

– Ja takkakin vielä. Ei kyllä mahdu.

– Varmasti mahtuu. Tänne ei tehdä mitään isoa muurattavaa takkaa kuten on sovittu. Peltikuoriset ovat kompakteja ja tilaa säästäviä. Niin ja lämmittävät tehokkaasti.

– Tuntuu vain mahdottomalta, kauhistelin.

– Jaa-a, tänne on jätetty terveiset meille.

– Ai, mitä siellä sanotaan?

– Kysyvät, että onko tarkoitus jättää makuuhuoneet alkoveiksi. Ei ole kuulemma ovia niihin.

– Ei tietenkään jätetä. Mitä ihmettä? Mikä sotku tämä on?

– Väärinkäsitys varmaan. Pitää soittaa talotehtaalle, Manu totesi.

– Soita heti!

– Minä soitan, Manu lupasi.

Manu meni ulos kuistille puhumaan. Kuisti oli osittain tehty, mutta kaiteet puuttuivat vielä. Kuljeskelin huoneesta toiseen ja yritin kuvitella silmissäni, miltä kaikki näyttäisi valmiina. Manu tuli takaisin sisälle.

– Piirustuksissa ei kuulema ole ovia. Me ei ole huomattu, Manu sanoi.

– Mitä nyt? Kai ne ovet saa toimitetuksi.

– Onneksi kirvesmies oli tarkkana. Kyllä ne saa, mutta maksavat tietysti lisää. Ne on jotain 150 euron hintaisia, siis kappale.

– Oisivat voineet kyllä antaa kaupan päälle.

– Vaan kun eivät anna. Kaikesta laskutetaan. Mutta ne on nyt tilattu ja samanlaisia kuin pesuhuoneen ovi. Ootko huomannut mitään muuta mainittavaa? Manu kysyi.

– En, enkä kyllä ymmärräkään kaikesta tarpeeksi. Kierrä sinä nyt joka nurkka, niin lähdetään sitten hotelliin.

– Oisko pitänyt vaan ajaa kotiin tänään? Manu kysyi.

– Ei sinne nyt niin kiire ole, että pitäs väsyksissä ajaa. Mullekin vähän vaihtelua, kun en ole käynyt missään, sanoin.

– No joo, kunhan ehdotin.

Kun Manu oli katsellut tarpeeksi ympärilleen, palasimme autolle ja ajoimme keskustan kautta kylpylähotelliin. Hiihtolomaviikon takia siellä oli paljon matkailijoita. Parkkipaikka pullisteli erilaisista citymaastureista, jotka kököttivät ripirinnan suksiboxit katoillaan kuin tanakat kovakuoriaiset. Kirjauduimme sisään ja kannoimme vähäiset yöpymistavaramme hotellihuoneeseen, joka oli pienehkö eikä missään suhteessa yllättävä. Parisänky, yöpöytä, pieni kirjoituspöytä. Nurkkaan oli ahdettu jo parhaat päivänsä nähnyt nojatuoli. Tietyllä tavalla huoneen ilme teki rauhoittavan tunnelman. Ehkä se johtui tekstiilien hillityistä väreistä.

Manu heittäytyi pitkäkseen sängylle.

– Eikö lähdetä heti syömään? Mulla on kova nälkä. Ei kai sitä tarvitse odottaa iltaan asti, että syödään? ehdotin.

– Jos niin haluat. Minulla ei ole kovin nälkä, mutta mennään vaan nyt. Aina siellä saa odottaa ennen kuin annokset ovat valmiit, Manu sanoi jotenkin haluttoman kuuloisesti.

– Makoile siinä, niin käyn vähän siistiytymässä ja vaihdan vaatteet. Kai sinäkin vaihdat jotain kevyempää yllesi? kysyin.

– Joo, Manu sanoi ja avasi television, jossa oli menossa uutiset.

Meikkasin vähän, ja pesin hampaani. Hiukset olivat liis-kaantuneet pipon alla. Yritin saada niihin ryhtiä tupeeraa-malla kevyesti. Vaihdoin ylleni uudehkon mustan jakun, jonka alle laitoin vispipuuron värisen topin. Laiton korva-korut paikoilleen. Kun tulin kylppäristä ulos, niin Manu oli jo nukahtanut. Hän säpsähti hereille, kun pudotin vahin-gossa hiuslakkapullon kädestäni. Manu rykäisi kurkkuaan.

– Jaahas. Se taitaa olla rouva valmis, hän sanoi.

– Joo, entä sinä? Vaihdatko vaatteita?

– Voisin tietysti vaihtaa kauluspaidan villapuseron tilalle. Vai pakkasitko sen mukaan? Manu kysyi.

– Pakkasin. Tässä, ole hyvä.

Ojensin paidan Manulle, joka puki sen nopeasti ylleen. Hän sukaisi kammalla hiukset ja kertoi olevansa valmis. Ravintolassa oli aika hiljaista. Ihmiset eivät olleet vielä eh-tineet tulla illastamaan. Minua se ei haitannut. Teimme ti-laukset nopeasti. Ehdotin Manulle, että ottaisimme pullon valkoviiniä, mutta kun hän ei halunnut, niin tyydyin tilaa-maan lasillisen itselleni.

Annokset tuotiin uskomattoman nopeasti pöytään. Ne höyrysivät kuumina, ja tuoksu oli houkutteleva. Olin tilan-nut itselleni lohta ja lohkoperunoita. Manu sanoi syöneensä Norjassa tarpeeksi kala-aterioita. Hän valitsi itselleen po-ronkäristystä ja perunamuusia. Söin hyvällä ruokahalulla. Manun annos katosi huomattavasti hitaammin. Hän ei ha-lunnut lainkaan jälkiruokaa, mutta minä tilasin lasillisen lakkalikööriä, uuniomenoita vaniljakastikkeen ja kahvin kera.

Manu tuli katumapäälle ja tilasi itselleen kupillisen kahvia. Kun maksoimme laskun, päätimme palata heti hotellihuo-neeseen. Illalla ravintolassa esiintyisi joku meille tuntema-ton tanssiorkesteri, joka ei kiinnostanut kumpaakaan.

Iltapäivän oleilu mökkirakennuksella, pitkä ajomatka ja tukeva ateria ramaisivat.

Herkullinen ruoka ja nautittu alkoholi saivat vereni kihisemään ja kun tulimme hotellihuoneeseen, suutelin Manua jo naulakon luona. Halusin seksiä. Kaihtelematta. Emme olleet olleet sängyssä moneen viikkoon. Manu vastasi suudelmaan. Johdattelin hänet sänkyä kohti. Rojahdimme sinne ja jatkoimme suutelemista. Riuhdoin jakun päältäni. Manu hyväili paljaita käsivarsiani. Kuoriuduin ulos farkuistani ja liimauduin Manun kylkeen. Avasin Manun paidannapit ja asetuin hajareisin hänen päälleen.

Yhtäkkiä Manu otti minua kiinni hartioista ja pysäytti minut.

— Anteeksi, mutta minä en pysty, hän sanoi.

— Mikä on? Olinko liian nopea? kysyin joterkin häpeissäni.

— Ei, ei. Sinä et tehnyt mitään väärin, minä en vaan pysty.

Kierähdin Manun viereen makaamaan. Tuijotin liikkumatta kattoa, jonka oli joskus kastellut avattu kuoharipullo tai sitten se oli hiuslakkaa. En sanonut hetkeen mitään. Minulla oli silmät vettä täynnä.

— Nyt sinä loukkaannuit, Manu totesi.

— En loukkaantunut.

— Loukkaannuit. Ei ollut tarkoitus loukata. Ei tämä johdu sinusta, Manu sanoi.

— Vaan mistä?

— Minusta.

Manu oli hiljaa. Silloin minulle välähti, että Manulla oli joku toinen. Joku toinen Norjassa. Joku nuori, ihana, kaunis niin kuin minäkin olin ollut joskus kauan sitten. Hän ei halunnut seksiä minun kanssani. Ei tietenkään. Ehkä hän ei halunnut enää jatkaa yhteistä elämää, enkä minäkään ehkä hänen kanssaan, koska hän oli pettänyt minua. Voi helvetti.

Mitä mökillekin tehtäisiin? Miten voisin kertoa asiasta kenellekään, sen että minä olin jäänyt toiseksi, että ei avioliitto ollutkaan kestänyt etäsuhdetta.

– Se on joku norjalainen? kuiskasin.

En uskaltanut sanoa mitään ääneen, sillä pelkäsin, että minusta lähtisi vain epätoivoista, eläimellistä huutoa.

– Anteeksi, en kuullut, mitä sanoit? Manu kysyi.

– Sulla on joku norjalainen? toistin.

– Norjalainen?

– Niin, helvetti, etkö voi jo kertoa. Me on tultu tänne asti. Sinä olet maannut kaksi päivää lähes puhumatta, ei luista juttu eikä seksi täälläkään, niin jokuhan sulla on, aloin vuodattaa.

– Niin onkin joku, Manu sanoi.

– Minä arvasin, nyyhkäisin.

– Hei, hei. Älä nyt. Ei tässä asiat ole välttämättä niin huonosti.

Manu veti minut takaisin lähelleen. Pysyin paikollani, vaikka minun teki mieli vierittää hänet kokonaan pois sängystä. Lattialle, käytävään, Norjaan, helvettiin.

– Tiedän, että minun pitäisi puhua ja olisi pitänyt heti, mutta halusin ensin vähän tarkkailla tilannetta.

– Tarkkailla tilannetta! huudahdin.

– Niin. Ja nyt kun tässä ei näytä loppua tulevan, niin on hyvä puhua. Ei minusta ole nyt mihinkään. Ei pysy ajatukset kasassa.

– Aha, sanoin ivallisesti.

– Mä vuodan verta, Manu sanoi.

– Mitä sinä sanoit?

– Vuodan verta. Monta päivää jo. Suolesta, Manu sanoi.

– Sinäkö olet sairas sen lisäksi että sinulla on uusi nainen?

– Joo, olen varmaan sairas, mutta ei ole mitään naista. Mitä sä nyt? Manu sanoi otsa rypyssä.

– Kun sinä et halua mua, niin tajusin, että sinulla on joku.

– Tajusit kyllä ihan päin persettä, Manu naurahti.

– Miten niin?

– Ei ole ketään. Ei ole ollut yli 30 vuoteen muita kuin sinut. Siinä on ihan tarpeeksi tekemistä. Nolostuin ja huolestuin siinä samassa. Painauduin Manuun kiinni ja silitin hänen rintaansa.

– Anteeksi. Olin tosi tyhmä. Anteeksi. Jos vuodat verta, niin miksi me lähdettiin tänne. Sinun pitää mennä heti lääkäriin.

– Ajattelin, että jos tämä menis ohi vaan, mutta kun ei se mene, niin se on koko ajan mielessä.

– Tuleeko sitä paljon? Onko sulla kipuja? jatkoin tenttaamista.

– Ei tule paljon, mutta kumminkin. Kipuakin on ja ripuli on jatkunut pari viikkoa.

– Manu. Me lähdetään nyt kotiin ja sä menet heti päivystykseen tai pääseehän täälläkin päivystykseen.

– Ei me nyt yötä myöten lähdetä mihinkään. En jaksa ajaa ja sinä otit pari lasillista.

– Ai niin. Voi paska. Kyllä mua nyt harmittaa. Ois voitu ajaa vaikka Oysin päivystykseen, sanoin.

– Mikään ei tässä yön aikana muutu miksikään.

– Mutta se on viikonloppu ja silloin tutkita kuin tosi kiireelliset. Minua niin harmittaa. Ois pitänyt jäädä kotiin ja sinun pitänyt mennä siellä lääkäriin.

– Rauhoitu. Lupaan mennä heti maanantaina päivystykseen, jos verta vielä tulee. Okei?

– Okei. Pakkohan se on siihen tyytyä. Mutta Norjaan et lähde ennen kuin tulee joku selvyys.

– Lupaan. On tässä ehtinyt jo itsekin sen verran miettiä asioita, että tiedän, ettei oo muita vaihtoehtoja kuin mennä tutkimuksiin. Syöpä se tulee ensimmäisenä mieleen, Manu sanoi.

– On kai niitä nyt muitakin vaihtoehtoja, yritin olla optimistinen.

– Joo, mutta pahinta sitä pelkää, kun joku paikka alkaa vaivata pahasti. Niin se vain on, Manu totesi.

– Totta. Suoli pitää tähystää. Menet yksityiselle, jos ei muuten järjesty.

– Lääkäri sen päättää, mitä tehdään. Ja voihan tämä olla joku ohimenevä juttu. Olisitko kuitenkin halunnut tanssimaan? Manu sanoi.

– En, en yhtään. Ollaan nyt tässä vaan ihan kahdestaan., sanoin.

– Sinikka? Sinäkö nyt tulit.

– Minä tässä, Riitta. Sinikka oli mun äiti.

– Sinikka?

– Isä, minä tässä, Riitta, sun tyttö.

–Niin Riittahan se siinä. Syöttävät kovia lääkkeitä, ettei aina tiedä, missä on. Ja osa menee suoneen suoraa.

– Huomasin.

– Ne vie sekavaksi. Älä välitä, mitä puhun. Puhun välillä ihan pehmeitä.

– Ei se haittaa.

– Tulit nyt kesken työjakson pois. Ei sun olisi tarvinnut. Mitä sinun työnantaja sanoi, kun lähdit?

– Halusin nähdä sinut ja miten voit. Ei mulle mitään ongelmia tämän takia tule töissä.

– Ei tässä. Hyvin pärjään.

– Mutta kuitenkin joudut olemaan sairaalassa.

– Parempi täällä, ettei tarvi Olgan huolehtia. Ja kipua vähemmän. Kyllä minä sitten tästä virkun ja pääsen kotiin.

– Toivotaan niin.

– Annapa käsi. Äläkä ala vetistelemään. Alkaa minuakin huolettaa, että joko olen kuolemassa. Hyvin tässä käy.

– Niin.

– Ota se Manu. Se on hyvä poika. Et löydä Barcelonastakaan parempaa. Et löytänyt Kreikastakaan. Usko isääs tämän kerran. Ja meet vappumarssille.

– Ai Espanjassa marssille. Voi se olla, että siellä työläiset juhlivat edelleen vappua.

– Niin, mutta jätä kahtelut. Ootko jättänyt Manun? Tule Suomeen, asetu ja opiskele.

–Tulen minä, mutta en nyt kesken lähde töistä. Haen taas keväällä opiskelemaan. Manu ja minä ei ole erottu, vaikka ei tässä kyllä paljon yhdessäkään olla. Et sinä aina siitä edes tykännyt.

– Se on hyvä poika. Aina oon sanonut.

– Okei. Toin sulle suklaata ja mantelitankoja. Maistuuko sulle?

– Sinikka, et saa lähteä pois. Älä jätä minua yksin. En minä pärjää. Tyttökin niin pieni.

– Ei, kun minä olen Riitta. Väsyttääkö sinua isä? Tulen huomenna uudestaan. Isä, kuuletko minua? Isä, isä! Mikä sinulle tuli? Hoitaja, hoitaja!! Auttakaa minun isää. Tehkää jotain. Tehkää nyt jotain. Se kuolee, se kuolee.

18. luku

Manun paksusuolesta tuli verta ja limaa myös sunnuntaina. Olin aivan paniikissa, mutta yritin peitellä tunteeni Manulta, koska en halunnut huolestuttaa häntä lisää. Tuskin onnistuin. Hän tunsi minut liian hyvin. Koko päivän hääräsin kaikenlaista. En uskaltanut pysähtyä. Järjestin kaappeja, pesin ikkunoita ja vaihdoin keväiset verhot olohuoneeseen. Manu ei sanonut mitään, kun kääntelehdin puolen yön aikaan levottomasti kyljeltä toiselle saamatta unta. Hän tarttui käteeni ja silloin kyyneleet alkoivat valua pitkin kasvojani. En uskaltanut sanoa mitään, että sain pidetyksi itseni jotenkin kasassa. Olimme sopineet, ettei lapsille puhuta mitään ennen kuin Manu oli käynyt lääkärissä. Minulla oli opetukseton päivä maanantaina, joten pääsin Manun mukaan päivystykseen. Olisi ollut vaikea keskittyä töihin, vaikka tuskin Manu saisi vielä ensikäynnillä ja ilman tutkimuksia mitään vastausta oireiden syyhyn.

Menimme heti aamulla terveyskeskukseen. Purukumia jauhava vastaanottoavustaja suhtautui aluksi nihkeästi Manuun, koska hän ei ollut soittanut ennakkoon ja arvioittanut hoidontarvetta. Asenne muuttui, kun hän kuuli, millainen vaiva Manulla oli. Hän teki välittömästi lähetteen laboratorioon ja laittoi Manun päivystysasiakkaiden jonoon. Menin Manun mukana labraan. Odotusaulassa istui neljä ihmistä. Manu kävi ottamassa jonotusnumeron itselleen.

– Mitä kokeita sinusta otetaan?

– En minä tiedä. Jotain verikokeita. Tulehdusarvoja ja semmosta.

– Toivottavasti asiat etenevät jo tänään.

– Niin. Katellaanpa nyt, mitä tästä tulee, Manu sanoi.

Minun puhelimeni soi. Soittaja näytti olevan toinen kirvesmiehistä. Vastasin, mutta annoin puhelimen nopeasti Manulle.

– Terve Petteri. Mitäpä mielessä? Manu kysyi.

– No sitä vaan aloin soitella, että sitä teidän takkaa ei ole näkynyt. Pitikö sen tulla perille asti?

– Piti joo, sovittiin niin, että kotiinkuljetus.

– Ajattelin vain ilmoitella, kun se on lähetetty matkahuollon kautta jo kaksi viikkoa sitten, eikä ole vieläkään perillä, Petteri sanoi.

– Jaa, onko siitä tosiaan jo niin kauan? Riittahan näitä on hoitanut. Tietäis varmaan paremmin kuin minä. Satuin nyt vaan olemaan maisemissa, joten Riitta antoi puhelimen minulle, Manu sanoi.

– Niin. Kyllä Riitta tietääkin. Pitäs varmaan alkaa selvitellä, mihin takka on kadonnut, Petteri totesi.

– Ilman muuta. Mepä soitellaan matkahuoltoon ja ilmoitellaan, jos jotain saadaan selville. Onko siellä nyt muita ongelmia? Manu kysyi.

– Ei ole, ja on tässä hommaa ilman takkaakin. Lähinnä vaan sen takia ajattelin soittaa, että pitäs kysellä perään, kun toimitus kestää näin kauan. Yleensä saavat viikossa perille, kirvesmies sanoi.

– Hyvä homma, että ilmoitit. Kiitos sulle. Kai tuo jostain löytyy, mutta palataan, Manu sanoi.

Manu antoi puhelimen takaisin minulle.

– Ihan turhaa annoit puhelimen minulle, Manu sanoi.

– Mikä siellä oli hätänä? Ajattelin, että sinä olisit osannut paremmin vastata asiaan kuin minä. Kyselevät välillä niin omituisia asioita, että ei minusta ole ikinä siltä seisomalta avuksi. Ja tunnen itseni tosi tyhmäksi, sanoin.

– Takka hukassa, Manu sanoi.

– Takka hukassa? Eihän takka voi joutua hukkaan, vastasin.

– Näköjään voi, jos sitä on nyt yleensäkään lähetetty, Manu epäili.

– Kyllä se on lähetetty. Sain seurantakoodinkin, sanoin.

– Jaa, missä se sitten vaeltaa. Ois sen nyt kahdessa viikossa pitänyt osata perille, Manu sanoi.

– Ei auta kuin alkaa selvittää, sanoin ja huokaisin.

– No täällä on hyvin aikaa, jos meinaat koko päivän istua kaverina.

– Tietysti istun.

– Etkö luota, että menen lääkärin puheille? Manu naurahti.

– Luotan, mutta haluan olla mukana. Pitääpä katsoa nyt firman numero ja soittaa ensin sinne.

Etsin numeron, ja soitin. Sain kuulla, että takka oli tosiaan lähetetty päivänä, jolloin sain seurantakoodin. Tarkistettiin vielä, että lähetyksen osoite oli oikea. Se oli. Seuraavaksi soitin Matkahuoltoon, jossa vahvistettiin, että lähetys oli liikenteessä. Hieman kireän kuuloinen asiakaspalvelija lupasi selvittää asiaa eteenpäin ja olla yhteyksissä.

– On tämä touhua. Oisko pitänyt sittenkin ottaa perinteinen takka ja muurari? harmittelin.

– Tämä on hyvä takka. Varaa lämpöä erinomaisesti. Ei kannata harmitella kauppoja yhtään. Kuka nyt vois arvata, että se joutuu matkalla hukkaan. Löytyy varmasti. Jotakin sählänneet ja pudottaneet kyydistä väärään osoitteeseen, Manu rauhoitteli.

– Joo, nyt ei vain ois kaivannut yhtään sotkua, sanoin.

– Odotellaan nyt, mitä saavat selville.

Manun vuoro tuli nopeasti, kun kaksi laboranttia otti potilaita vastaan. Hän palasi tutkimushuoneesta kyynärtaivetaan pidellen.

– Tässä menee nyt tunti ennen kuin verikokeet valmistuvat. Lähdetäänkö käymään kahvilla? Jos et sitten halua lähteä välillä käymään kotona? Manu ehdotti.

– Samapa tuo, missä istutaan. Käydään täällä kahvilla. Jos kokeet valmistuvat nopeammin, niin ollaan valmiiksi paikalla.

Kävelimme terveyskeskuksen kahvioon. Valitsin itselleni juustosämpylän ja ison kupin kahvia. En ollut syönyt aamulla kuin pienen annoksen puuroa. Manu otti itselleen muhkean korvapuustin ja kahvia. Siirryimme ostoksiemme kanssa lähimpään vapaaseen pöytään. Muita kahvittelijoita oli vähän. Taksikuski siemaili kahviaan ja pläräsi aamun sanomalehteä viereisessä pöydässä.

– Sulla meni nyt työpäivä tähän, Manu sanoi.

– Ei se haittaa. Mulla on niin paljon ylityötunteja, että en ehdi pitää mitenkään kaikkia pois tämän lukukauden aikana.

– Se on kyllä typerää hoitaa asioita palkatta, kun et vapaatakaan pidä.

– Tiedän. Ehdottoman typerää, mutta näin tämä nyt vain näyttää menevän. Ei riitä aika ja opiskelijoiden pitää saada arvosanoja ja valmistua, vastasin.

– Sinä, joka jaksat huolehtia muista ihmisistä, et kyllä paljonkaan välitä omasta voinnistasi, Manu sanoi.

– Ihan tarpeeksi. Kai. Välillä meni jo paremmin. Nyt on kyllä taas jotenkin uuvuksissa. Tuntuu, ettei nukkuminen auta yhtään, vaikka on pitkät yöunet takana, niin aina väsyttää.

– Sinun pitäs jäädä vapaalle. Onhan niitä vuorotteluvapaita ja kaikkia. Huilisit vähän välillä, Manu sanoi.

– Eihän se nyt onnistu, kun juuri otettiin ihan hirveästi velkaa, puuskahdin.

– Lainanlyhennyksiä voi siirtää. Maksellaan korkoja sen aikaa.

– Ne korvaukset on tosi pieniä. Ja jos sinäkin tarvitset sairauslomaa, niin nyt ei ole hyvä aika edes haaveilla vapaista, sanoin.

– No se, mutta jospa tämä mun homma ei ole vakavaa ja pääsen äkkiä töihin, niin jo minun päivärahat paikkaa hyvin vajetta, joka jäisi saamatta sinun palkkana, Manu ehdotti.

– Katsotaan nyt. Kyllä tässä kesään asti jakselee, kun on pakko, sanoin.

– Vaihtoehtoja löytyy, kun haluaa tarpeeksi muutosta.

– Ehkä en sitten tarpeeksi halua tai oikein jaksa haluta mitään. Anteeksi, ei minun nyt pitäs näillä kuormittaa sinua, kun tässä on nyt tärkeintä saada sinut terveeksi.

Istuimme pitkän tovin kahviossa. Manu kävi hakemassa lehtitelineestä maakuntasanomalehden ja uppoutui lukemaan sitä. Olin levoton. En jaksanut keskittyä mihinkään. Vilkuilin välillä puhelinta. Kukaan ei soittanut. Harvemmin työpäivien aikana kukaan soittikaan, ellei sitten joku opiskelija. Oletus oli, että en vastaisi kuitenkaan, kun olisin opettamassa. Kun siirryimme takaisin odotussaliin, niin odotimme vain vartin, kun ovi aukesi ja lääkäri sanoi isoon ääneen:

– Hannula!

19. luku

Koko viikko meni kuin sumussa. Vaikka lääkäri ei antanut varsinaista diagnoosia, vaan Manu jäi odottamaan paksusuolentähystysaikaa, niin huoli nakersi koko ajan kuin nälästä kärsinyt hiiri pullanpalaa. Vimmaisesti. Kävin töissä. Minun ei ollut mahdollista olla pois töistä enempää kuin maanantain verran. Toisaalta opetustunnit ja opiskelijoiden erinäiset huolet ja tarpeet täyttivät päiväni niin, ettei ollut edes tilaa millekään muulle murehtimiselle.

Manu oli kotona. Hän sai terveyskeskuksesta parin viikon sairausloman. Hän oli harmissaan, koska koki jättävänsä työkaverit pulaan. Hän ymmärsi kuitenkin, että tutkimukset oli tehtävä ja jatkuva ripuli ja vatsakivut eivät tehneet hänestä työkuntoista. Hän yritti kuluttaa päiviänsä levähdellen, mutta iltapäivisin kun palasin kotiin, minua odotti valmis ruoka.

Emme olleet puhuneet lapsille tilanteesta mitään. Manu halusi ehdottomasti tietää, mikä häntä vaivasi ennen kuin huolestuttaisi lapsia. Olin varma, että jonain päivänä Samuli poikkeaisi kotiin ja löytäisi Manun makoilemassa sohvalla.

Lääkäri ei osannut sanoa varmaksi, miten nopeasti tähystysaika olisi mahdollista saada, vaikka laittoi lähetteen eteenpäin kiireellisenä. Oli kuitenkin selvää, että Manu ei ollut ainoa, joka tarvitsi kiireellistä hoitoa. En halunnut edes ajatella, miten monta ihmistä oli samassa jonossa. Ehdotin Manulle, että hän hakeutuisi lähetteen kanssa yksityislääkärille. Hän kieltäytyi ja sanoi, että luottaa saavansa ajan riittävän nopeasti. Hän sai kortisonikuurin ensihätiin.

Viikko vaihtui toiseen. Samulin perhe vietti viikonloppunsa Kanervan jalkapalloturnauksessa Kokkolassa, joten he eivät ehtineet piipahtaa luonamme. Kun tulin kotiin loputtoman pitkän maanantaipäivän jälkeen, niin Manu huikkasi olohuoneesta:

– Moi. Siellä on nyt vaan eilisen ruuan jämiä lämmitettäväksi jääkaapissa.

– Moi. Riittääkö siitä kummallekin? Voin katsoa, jos teen jotain muuta pikaruokaa meille, vastasin.

Riisuin takin naulakkoon ja heitin työhuoneeseeni laukun, joka tursui tenttipapereista. Kävin pesemässä kädet, ja menin keittiöön.

– En minä tarvitse mitään ruokaa, Manu sanoi.

Menin hänen luo. Laitoin käden otsalleen. Se tuntui viileältä.

– Eikö sulla ole ruokahalua? kysyin huolestuneena.

– On, ihan mahdottomasti, mutta kun en saa syödä mitään.

– Ai, mikset?

– Aloitan suolen tyhjennyksen tässä tuota pikaa. Aamulla tähystys, Manu sanoi.

– Ihan totta? Mahtavaa. Voi että, miten se nyt järjestyi?

– Soittivat aamupäivällä, että oli tullut joku flunssaperuutus. Ja onneksi en ole syönyt viikonloppuna mitään siemeniä tai muuta suolen mutkaan jumittuvaa, niin kelpasin tutkittavaksi.

– Onpa hieno homma, sanoin.

– Se voi olla kova kokemus, etenkin kun sitä verta tulee aina vaan.

– Varmaan. Siihen ei taida olla mitään kivunlievitystä, sanoin.

– Ei niin. Lapset nukutetaan tutkimuksen ajaksi. En minä sitä nyt pelkää mahdottomasti, mutta ei varmaan ole miellyttävin kokemus. Ei se kuitenkaan loputtomiin kestä ja pitää tässä saada joku varmuus, Manu sanoi.

137

- Niinpä. Ei auta kuin kestää. Et saa syödä sitten mitään enää tänä iltana?

- En niin. Alan huidella kohta jotain litkua litratolkulla. Sen pitäisi saada suoli kramppaamaan, tyhjentymään ja puhdistumaan. Saan mä nesteitä juoda muutakin kuin sitä litkua tai hetkinen kahvi tais olla kiellettyjen listalla. Kävin sen verran kylillä, että hain apteekista tyhjennysaineet ja kaupasta mehuja.

- Minä ajattelin nyt kyllä syödä jotain. Alkaa tulla pää kipeäksi. Kestätkö katella vierestä?

- Tietysti. Yksi ilta vaan. Ala laputtaa sinne keittiöön takaisin.

- Joo. Minusta ei taida olla mitenkään avuksi. Pitäiskö meidän katsoa joku kiva leffa, että saisit ajatukset muualle, kun aloitat tyhjennyksen.

- Ei siitä taida tulla mitään, kun joutuu hyppäämään vessassa.

- Totta. Huono idea. Sori, mutta kyllä oon iloinen, että tähystys järjestyi näin pian.

- Joo, toisen epätuuri oli mun tuuri, Manu totesi.

Kun pääsin keittiöön, Manu huusi olohuoneesta:

- Niin muuten, olen hoitanut tässä joutessani sitä takkaasiaa. Siitä on nyt ensimmäinen havainto.

Palasin takaisin olohuoneeseen, kun sain ruuan mikroon lämpenemään.

- Kerro heti, vaadin.

- Takka on nyt Kajaanissa.

- Kajaanissa? Minkä ihmeen takia?

- Ei sitä kukaan tiedä, mutta tärkeintä on, että viikon etsimisen jälkeen se löytyi. Se on siellä jossain terminaalissa ja aikoivat nyt toimittaa Kuusamoa kohti.

– On kyllä huolimatonta touhua. Onneksi se ei nyt sinänsä jarruttanut mitään hommia, mutta ärsyttää siitä huolimatta.

– On siinä vielä parisen sataa kilometriä ennen kuin on Kuusamossa. Toivotaan nyt, etteivät aja ohi ja vie sitä Sallaan tai Kemijärvelle.

– Niinpä. Liian usein joutuu itse perään soittelemaan ja pitämään puolensa, olipa asia mikä hyvänsä.

– En tiedä, mistä se johtuu. Oisko kaikilla liikaa töitä ja sen takia tulee virheitä? Manu mietti.

– Voi ollakin, mutta siitä huolimatta pitäs pystyä parempaan. Onneksi eivät hukanneet sun tutkimuspyyntölähetettä. Aika monta juttua oon kuullut, että lähetteitä ei ole laitettu eteenpäin tai ne ovat kadonneet, kun asianosainen on ihmetellyt tutkimusajan viipymistä ja alkanut kysellä hoidon perään, sanoin.

– Pääasia, että takka löytyi. Mee nyt sinne syömään. Uuni kilahti jo.

– Menen, menen. Joko meinaat korkata?

– Kohta. Pitää kattoa vielä uudelleen, miten aikataulut menee eli siis milloin pitää aloittaa nesteen juominen ja millä tahdilla se pitää vetää.

Manu avasi pakkauksen ja otti esille ohjeet. Palasin keittiöön. Otin liian kuuman perunalaatikon mikroaaltouunista, ja jäin odottamaan sen jäähtymistä.

– Oon vasta parikymppinen, mutta olen orpo. Kamalan epäreilua.

– Joo, niin on. Anna mä halaan sua.

– Ajattele, jos mulla on joskus lapsia, niin niillä ei ole mummua ja pappaa.

– Joo, onhan sulla sentään Olga.

– On, mutta ei hän ole mun äiti.

– Mutta läheinen ihminen kuitenkin.

– En nyt oikein jaksa. Sori.

– En tarkoittanut loukata. Anteeksi. Tässä nenäliina.

– Onko tämä ollut monta vuotta sun taskussa?

– Voi olla. Aika harvoin tarvinnut. Tai siis on se ihan puhdas.

– Miten sulla voi olla kangasnenäliina? Ei niitä käytä kuin jotkut vanhat ihmiset, jos nekään enää.

– En tiedä. Kai se on vaan jostain jäänyt. En osaa sanoa.

– Sä olet kyllä ihme tyyppi.

– Niinpä. Ainutlaatuinen.

– Ja tosi vaatimaton.

– Ja tosi vastustamaton, eikö?

– Olet, joo, mutta mulla on nyt suruaika.

– Sulla on suruaika tästä eteenpäin aina. Ei suru lähde ikinä.

– Kai nyt joskus helpottaa. Ei näin jaksa elää. Mun ei olis pitänyt lähteä ollenkaan Espanjaan. Mun ois pitänyt olla kotona, niin ehkä tätä ei ois tapahtunut.

– Miten sinä olisit estänyt isäsi sairauden. Et mitenkään. Ei kukaan ois voinut mitään. Ei edes lääkärit.

– Mutta jos mä olisin huomannut jotain merkkejä ja isä ois saatu aiemmin hoitoon.

– En usko yhtään. Joskus sairaus on niin salakavala, ettei kukaan tiedä mitään ennen kuin myöhäistä. Toisaalta on lohdullista, ettei tarvi pitkään kärsiä kipuja.
– En tiedä. Tuntuu, ettei mikään ole just nyt lohdullista. Tämä on niin väärin. Miksi muilla on isät ja äidit vaikka ne ite ois jo jotain 50-vuotiaita.
– No en tiedä. Joku vaan sairastuu ja toinen ei. Ei kai sille mitään voi. Joku elää 100 vuotta ja joku kuolee teininä. Ei siinä ole mitään logiikkaa.
– Niin.
– Niistä nyt välillä nenäs. Sun henki ei kohta kulje.
– Ihan sama.
– Ei ole. Ei yhtään sama.
– Ei vai?
– Ei. Rakastan sua edelleen.
– Et sä voi.
– Rakastan minä.

20. luku

Luin opiskelijoiden tenttipapereita. Eija käveli työhuoneeseeni ja pamautti oven kiinni perässään. Hän veti yhden asiakastuoleista lähelle työpöytääni.

– Tätä et kyllä usko, Eija aloitti heti, kun oli istuutunut.

– Mitä tällä kertaa? Aloitetaanko taas joku uusi hanke vai tuliko ministeriöltä palautetta laatujärjestelmästä?

– Ei ja ei.

– Älä suotta panttaa. Sinusta näkee kilometrin päähän, että haluat kertoa. Nyt tiedän. Sinä olet menossa naimisiin tai olet raskaana, ehdotin.

– Joopa joo. Tässä iässä ei tulla raskaaksi.

– En nyt parempaa keksinyt, sanoin.

– Johtoryhmällähän oli aamulla kokous, Eija aloitti.

– Niin oli, mutta ei kai siellä mitään kriittistä ollut listalla, kai?

– Ei niin, mutta Markku on irtisanoutunut.

– Mitä? Mikä sille tuli? Luulin, että se jatkais täällä yli virallisen eläkeiän. Se on niin opistolainen, henkeen ja vereen, ihmettelin.

– Sehän tässä niin kiinnostavaa onkin, Eija sanoi.

– Oisko vaan väsynyt tiukan talouden kanssa rimpuiluun? Opiskelijamäärät eivät ole nousseet. Tai hän on varmaan saanut jostain paremman työpaikan. Miehet kelpaa työmarkkinoilla, vaikka ikää olisikin, pohdin.

– Ei sekään ole syy tai no jaa, on sillä kuulemma jo uusi työ.

– No niin. Minähän arvasin.

– Niin mutta sillä on suhde sen meidän nuoren hanketyöntekijän kanssa. Avioero vireillä nyksän kanssa.

– Älä nyt viitsi. En usko. Tuo on pelkkä ilkeä juoru. Mirka on ainakin 20 vuotta nuorempi kuin Markku, kiistin kuulemani.

– Ei muuten ole juoru. Ja kirsikkana kakussa. Niille on tulossa perheenlisäystä.

– Aivan liian paksua ollakseen totta.

– Ei nyt vielä niin paksua, että näkyis kunnolla päälle päin, mutta totta joka sana, Eija vakuutteli.

– Olipa ikävä juttu!

– Ai jaa. Onko rakastuminen ikävä juttu? Toki Markulla voi olla aika rankkaa aloittaa yövalvomiset vauvan kanssa, Eija sanoi.

– No, en tiedä. En kyllä jaksais ajatellakaan vaipparallia. Siis semmosta jatkuvaa. Ja minusta on harmi, että rehtori vaihtuu. Miksi sen pitää yleensä lähteä?

– Jos ne ei kestä sosiaalista painetta. Tämä on aika pieni paikkakunta. Helpompi rakentaa tulevaisuutta uusissa ympyröissä, Eija aprikoi.

– Olen todella tyrmistynyt. Mistä nyt saadaan uusi rehtori? Taitaa joutua Kaisa ottamaan ohjat toistaiseksi, ellei sit hae paikkaa muutenkin, kun se tulee auki. Ajattelitko sinä hakea? kysyin.

– Ei mulla ole rehtorin pätevyyttä, Eija sanoi.

– Vielä ehdit hankkia. Eihän tässä ole lukuvuotta enää pitkästi jäljellä ja kai Markku nyt irtisanomisajan on täällä. Ehkä ehditään saada syksyksi uusi reksi, sanoin.

– On tämä kyllä iso muutos ja yllättävä.

– Niinpä. On varmaan tosi ikävää myös Markun vaimolle. Ne on olleet aika pitkään yhdessä.

– Joo, semmosta sattuu, Eija totesi.

– Mitenkäs muuten teillä menee?

– Mulla ja Timolla menee aina vaan paremmin, kun on opittu tuntemaan toisiamme enemmän, Eija sanoi.

– Ei ole vielä likaiset, lattialla surffailevat sukat alkaneet rassata?

– Jos lattialla on likaiset sukat, niin ne on minun, Eija nauroi.

– Oho. Toivottavasti Timo kestää sen.

– Eikö vieläkään mitään vastauksia Manulle? Eija kysyi.

– Ei ole tullut. Pitää vain jaksaa odottaa.

– Hän on vielä saikulla?

– On joo. Ja hyvä on, että on. Kortisonikuuri kyllä näyttää helpottavan tilannetta ja nyt kokeillaan myös antibioottia siinä rinnalla. Kortisoni kerää hirveästi nestettä kroppaan. Manustakin sen huomaa, vaikka on niin laiha mies tai ehkä sen siksi juuri huomaakin, selitin.

– Joo, se on just semmosta. Yhden kuurin olen syönyt. Onneksi vaan pari viikkoa, mutta jo siinä ajassa kertyi nykyistäkin isommat silmäpussit ja turvotusta joka paikkaan. Oikeastaan meidän pitäs joskus kutsua teidät iltakahveille, Eija totesi.

– Se olis kiva. Ei kyllä tule käydyksi juuri missään. Mitä nyt Samulin perheen luona piipahdellaan. Ai niin, pakko meidän oli kertoa lapsille Manun tilanteesta, kun saikkukin jatkui.

– Mitäs ne?

– Ottivat rauhallisemmin kuin minä. Minunkin pitäs tietysti jo rauhoittua, kun tähystyksessä ei mitään näkynyt, mutta huokaisen vasta, jos koepaloissa ei ole mitään, sanoin.

– Kyllä haavainen paksusuolentulehdus on jo tarpeeksi hankala, niin että ei siihen enempää stressiä toivo.

– Tutkimus oli ollut kuulemma kamala. Manu ei vähästä valita, mutta nyt sanoi, että oli melkein jo pyytänyt, että jätetään tähystys kesken, kerroin.

– Ei mikään ihme, kun suoli on jo valmiiksi rikki ja sitten sitä aletaan venyttää ja tökkiä kameraa sisälle. Ihan kamalaa. En halua edes ajatella. Toivottavasti ei ikinä tarvi mennä! Eija sanoi.

– Kello on jo yli neljän. Pitäiskö meidän lähteä kotiin? Aloin keräillä papereita laukkuuni.

– Voi ei. Minunkin pitäs olla puoli viideltä punttisalilla. Meillä on siellä treffit, Eija sanoi.

– Tosi romanttista. Siellä kivasti hikoilette yhdessä.

– Sulla jäi nyt hommat kesken? Eija kysyi.

– Ei se haittaa. Jatkan kotona. Minulla ei ole mitään kuntokuuria menossa, joten joudan kököttämään koneella kotonakin. Kohta tosin alkaa taas pihahommat, niin tulee väistämättä hyötyliikuntaa, sanoin.

– Se on moro! Eija huikkasi ja sulki oven mennessään

– Minusta tuntuu, että mä en pysty tähän.

– Tietysti pystyt.

– Se on vaan liikaa. Ensin meni äiti ja nyt isä. Mulla ei ole ketään.

– Joo, ymmärrän. Oon sun kanssa koko ajan. Koko ajan.

– Ja kaikki ne ihmiset siellä.

– Nekin ymmärtää, että sulla on raskasta.

– Mutta oisin halunnut tai en mä tiedä.

– Riitta, pitäsi mennä..

– Olga, odota, kyllä me tästä kohta tullaan. Sä voit mennä jo mun autoon. Tullaan ihan kohta perässä.

– Vittuako tuokin säätää. Se on MUN isä.

– Ei varmasti millään pahalla. Meillä on vain vartti aikaa. Oikeataan meidän ois pitänyt olla siellä ensimmäisinä.

–Oisko isä edes halunnut kirkkohautajaisia? Ei varmaan. Teenkö mä nyt väärin?

– Et tee mitään väärin. Pitäähän ihminen haudata. Mennään nyt.

– Mun naama on ihan punainen. Ja nokka.

– Ei se haittaa.

– Menikö Olga jo?

– Meni. Näyttää istuvan jo autossa. Meidänkin pitäs mennä nyt. Ihan heti.

– Olinko mä edes hyvä tytär?

– Olit varmasti. Sä olit varmasti tärkein isällesi.

– Nyt tuntuu, etten ollut hyvä. Mä jätin isän yksin.

– Et jättänyt. Sä vaan kasvoit aikuiseksi.

– Niin mutta mä en lähtenyt sen kanssa marssimaankaan enää. Mä hylkäsin sen, mikä sille oli tärkeää.

– Älä syytä ittees. Ihmiset muuttuu ja on oikeus muuttua. Ei kaikkia asioita voi jakaa, arvot voi olla erilaiset.

– Nytkö mä sit meen näyttelemään hyvää tytärtä sinne, vaikka mä olin ulkomailla, kun isä ois tarvinnut mua.

– Sä et ole tehnyt mitään väärää. Mennään nyt.

– Mitä kaikki sanoo?

– Ne sanoo, että ottavat osaa ja ovat surullisia, että susta tuli orpo.

– Luuletko? Jos ne halveksii mua?

– Mä haen nyt sun takin? Onhan ne kukat varmasti kirkossa?

– Joo.

–Haluatko sä jotain? Haenko sulle vettä? Onko sulla nenäliinoja?

–Joo. Aina sä huolehdit.

– Mä haluan huolehtia susta.

– Isä ois halunnut, että me mentäis naimisiin.

– No me ehditään tehdä sekin, jos sä haluat.

– Niin. Haluatko sä?

– Tietysti. Mutta jutellaan siitä myöhemmin.

– Okei.

–Mennäänkö nyt autoon? On enää vartti aikaa. En viittis ottaa sakkoja.

– Joo. Voisitko laulaa mulle Jos rakastat? Tiedätkö sen laulun? Isä lauloi sitä äidille.

– Lupaan laulaa.

21.luku

Manu oli lähdössä takaisin Norjaan. Kova lääkekuuri oli rauhoittanut paksusuolen. Minä en ollut vielä rauhoittunut. Olin huolissani hänen lähdöstään ja työkyvystään. Vastahakoisesti kannoin puhtaita vaatteita kodinhoitohuoneesta pakkaamista varten.

– Minusta sinun olisi pitänyt hakea lisää sairauslomaa, sanoin.

– Aika monta kertaa on tämä nyt käsitelty. Olen ihan kunnossa. Ja jos tulee ongelmia, niin siellä on hyvät lääkärit ja tänne pääsee aika nopeasti.

– Sä et ole varmaan vielä toipunut kunnolla ja työ on raskasta, jatkoin.

– Verikokeet oli ok, suoli ei vuoda ja mä vaan makaan ja lihon tuossa sohvalla. On ihan hyvä lähteä. Pian tulee kesä ja koko komennus on ohi mun osalta, Manu sanoi.

– Pelkään, että tulee takapakkia.

– Tiedän, mutta luota minuun.

– Jos sulle tapahtuu jotain, niin minusta tuntuu, että se on minun syyni, totesin.

– Niin. Niin sinä teet, vaikka olet vastuussa vain itsestäsi. Ei ole sinun syy, ei kenenkään syy. Juttelin lääkärin kanssa töiden aloittamisesta ja hän sanoi, että se on ok. En ole invalidi tämän sairastumisen takia, Manu sanoi.

– Lupaatko mennä heti lääkäriin, jos oireet tulee takaisin? Etkä jää vain odottelemaan, että jos tilanne rauhoittuu?

– Lupaan, lupaan.

– Onko sulla nyt lääkkeet varmasti pakattu mukaan? kysyin.

– On. Koita nyt rauhoittua. Kaikki menee hyvin. Meni jo hyvin. Luulin oikeasti, että mulla syöpä, enkä uskaltanut edes kunnolla toivoa, että voisin palata tänä keväänä töihin tai ylipäätään haaveilla normiarjesta, Manu sanoi.

— Niin minäkin.

— Et sanonut mitään, Manu sanoi.

— En tietenkään. Sua ois pelottanut vaan enemmän, jos oisin myöntänyt pelkääväni pahinta.

— Ehkä sun pitäs siitä huolimatta puhua, miltä susta tuntuu, Manu totesi.

— Puhunhan minä.

— Aika vähän. Sä kyllä huolehdit kaikista muista.

— Ei pidä paikkaansa. Kyllä minä puhun. Olen valittanut väsymykset, ärtymykset ja huolet, väitin vastaan.

— Joo, saatat olla kiukkuinen, jos joku asia ei suju tai tapahdu, mutta paljon pidät myös sisälläsi.

— En minä voi aina valittaa. Se on rasittavaa muille. Isäkään ei valittanut.

— Ja senkö takia sinunkin pitää olla aina niin reipas? Manu kysyi.

— Ehkä, mutta olen käynyt esimerkiksi työterveyshuollossa puhumassa väsymyksestä.

— Mutta et mennyt terapiaan, Manu huomautti.

— En, en minä jaksa puhua omista asioista vieraalle ihmiselle. Otitko uudet villasukat matkaan?

— Otin.

Puhelin soi. Tuntui, että se soi jatkuvasti. Vastasin siihen välittömästi, kun en edes halunnut jatkaa hankalaa keskustelua Manun kanssa juuri, kun hän oli lähdössä.

— Terve, Ronkainen tässä Kuusamosta.

— Hei. Mitä sinne kuuluu?

— Semmosta kuuluu, että minun pitää nyt valitettavasti siirtää kirvesmiehet pariksi viikoksi Rukalle.

— Mitä? Kesken meidän mökin rakentamisen?

– Niin, siellä urakat kusee niin pahasti, että firma ottaa takkiin, jos en saa ukkoja lisää.

– Mutta me on sovittu meidän mökin valmistumisaikataulusta myös, penäsin.

– Se saadaan kiinni varmasti, vaikka vähän katkoa tuleekin.

– Minusta tämä ei ole hyvä idea. Etkö voi palkata miehiä jostain muualta Rukalle? kysyin.

– Mielelläni palkkaisin, mutta ei täällä ole ammattitaitoisia kirvesmiehiä vapaana. Kyllä se homma jatkuu teidän rakennustyömaalla parin viikon jälkeen. Tämä on nyt vaan tämmöinen hätätilanne, Ronkainen selitti.

– Mitä jos tulee viivästystä meidän mökin valmistumisen kanssa tämän takia? Valmistuminen luvattiin juhannukseksi.

– Ilman muuta, siitä pidetään kiinni, Ronkainen sanoi.

– Milloin työt jatkuvat meillä? kysyin.

– Soittelen, kun tiedän enemmän. Katellaan. En osaa nyt ihan tarkkaan sanoa. Heti kun Rukan työmaa on luovutuskunnossa. Palataan. Pahoittelut nyt vielä.

– Ei kai siinä sitten mitään voi. Palataan.

Työnsin kännykän farkkujen taskuun.

– Mikä ongelma siellä on? Manu kysyi välittömästi.

– Ronkainen meinaa siirtää meidän kirvesmiehet Rukalle hoitamaan jonkun kiireellisen, keskeneräisen projektin.

– Tuosta vaan? Manu ihmetteli.

– Niinpä. Tuli niin puskista, että en osannut oikein pitää puolia edes. Harmittaa. Hyytyykö tässä nyt meidän juhannus omalla mökillä?

– Ei kai nyt sentään. On tässä juhannukseen vielä aikaa, mutta ilman muuta tietää takapakkia meidän raksalla, kun kukaan ei tee siellä mitään, Manu sanoi.

– Minusta ei ole oikein, että meidän työmaa jää toissijaiseksi.

– Sanktiot varmaan painaa yrittäjää, jos joku iso rakennustyömaa ei pysy aikataulussa. Tuskin se muuten ukkoja alkais siirrellä, Manu sanoi.

– Joka tapauksessa ärsyttää. Ihan älyttömästi ärsyttää. Ei noin voi toimia. Yhtäkkiä vaan päättää, että nuo ei tarvi työmiehiä ja laitetaan raksa seisomaan. Menikö meillä firman valinta pieleen?

– Jospa se nyt etenis kuitenkin. Yritimme valita parhaan mahdollisen firman, Manu mietti.

– Se sanoi, ettei löydy vapaita kirvesmiehiä, joten ei meidän auta kuin odottaa ja toivoa parasta, sanoin.

– Siinä me ollaankin tosi hyviä, Manu naurahti.

– Pitäskö mun lähteä keittämään sulle lähtökahvit? Kello on jo aika paljon, sanoin.

– Ilman muuta pitäis tai voin mä itekin keittää. Pakkaushommat on tehty.

– Tulee taas niin hiljaista, kun lähdet, sanoin.

– Aika menee nopeasti. Kesä tulee tuota pikaa. Kohta pyllötät pihalla kukkapenkkien kimpussa, etkä edes huomaa, että olen pois, Manu totesi.

– Kyllä huomaan. Joka ikinen ilta, kun menen yksin nukkumaan.

– Montako kupillista juot? Manu huikkasi kävellessään keittiöön.

– Yhden, etkä sitten keitä liian vahvaa.

151

22. luku

Päättäjäiset oli hoidettu kunnialla ja vankalla rutiinilla läpi. Valmistuneet opiskelijat säteilivät kauniina ja komeina. He olivat kasvaneet ammattilaisiksi parissa vuodessa, ja se näkyi heistä. Ruusut tuoksuivat voimakkaasti. Salin ikkunoista näkyi koivuja, joissa oli jo terhakat, vihreät hiirenkorvat. Kevät. Niin toiveikas vuodenaika.

Huokaisin syvään. Olo oli tyytyväinen. Olin selättänyt taas yhden lukuvuoden, vaikka se oli ollut tavallista raskaampi. Vielä muutama viikko ja Manukin palaisi Suomeen. Lopullisesti tai en ollut varma, vieläkö hän ottaisi uuden komennuspestin syksyllä, jos sitä tarjottaisiin hänelle. Toivoin salaa, että hän ei enää lähtisi. Vaikka olin jotenkuten selvinnyt omakotitalon vaatimista töistä ja rakennusprojektista, joka tosin oli edelleen kesken, niin kaipasin Manua rinnalleni. Toisinaan, kun uni karkasi ja tuijottelin pimeää makuuhuoneen kattoa, annoin ajatusten liukua lähenevään vanhuuteen.

Manu ei myöntänyt, että olimme jo vanhoja. Minusta se oli päivänselvää. Vähitellen ja aina vain enemmän luopuisimme monista asioista, ystävistäkin tai kuka ties, emme eläisi itse pitkään. Emme näkisi, kuulisi tai liikkuisi entiseen malliin. Ihmettelin, miten ihmiset yleensä kestivät täysipäisinä vanhenemisen. Minua se pelotti. Olin vieraillut tarpeeksi usein palvelutaloissa, enkä halunnut edes kuvitella itseäni sinne odottamaan kuolemaa. Kuvittelin siitä huolimatta. Päiviä, jotka seuraisivat toisiaan ilman muutoksia, ellei nyt sitten löytynyt jotain uusia kipuja kropasta. Rutiineja ja hissuttelua.

Ajattelin vanhempiani. He eivät ehtineet vanheta. Heidän elämänsä loppui ihan kesken. Äitini kuoli niin nuorena, eikä

isäkään ollut ikämies, kun sairaus sammutti hänen elämän-
liekkinsä. Toisaalta he myös säästyivät mahdolliselta van-
huuden laitoselämältä. Ei sekään siitä huolimatta ollut ko-
vin lohdullinen ajatus. Siirillä ja Samulilla ei ollut ollut
mahdollisuutta tutustua vanhempiini. He olivat minun tari-
noideni varassa, enkä osannut kertoa vanhemmistani riittä-
västi, en ainakaan äidistä.

– Huhuu. Missäs sun ajatukset ovat? Toivottavasti kesässä
ja alkavassa lomassa, Eija ilmestyi luokseni.

– Ei kyllä olleet siellä.

– Älä nyt ainakaan murehdi enää kenenkään kurssiarvioita
tai muita työjuttuja. Näethän, miten onnellisia he ovat.

– Murehdin vanhenemista, vastasin.

– Tällaisena päivänä? Eija ihmetteli.

– Niinpä, erityisesti tällaisena päivänä, kun näkee nuoria,
kauniita ihmisiä, joilla on elämä edessä, niin tajuaa, mikä
vanha itse on.

– Höpö, höpö. Meilläkin on vielä, jos ei nyt ihan koko
elämä, mutta paljon edessä. Ja kun naama menee liian rut-
tuun ja luomet lupsahtavat ja jenkkakahvat kasvavat, niin
käydään kiristysoperaatiossa tai rasvaimussa ja taas men-
nään, Eija nauroi.

– Sä jaksat olla aina niin optimistinen, totesin.

– En muuten jaksa. Miten monta kertaa tämänkin lukuvuo-
den aikana olen kiukunnut ja kiroillut kurjaa ammattiamme
ja ihan kaikkea muutakin säästä alkaen.

– Mutta mun mielestä sinä siitä huolimatta suhtaudut elä-
mään myönteisesti ja luottavaisesti, sanoin.

– Kiva kuulla, kiitos. Yritän muistaa tämän seuraavalla ker-
ralla, kun oikein ottaa aivoon. Mutta siirryttäiskö kahvioon
lataamaan kunnon telit Armin mainiota kermakakkua. Me
on se niin ansaittu, Eija ehdotti.

– Totta. Unohduin vain tähän ajatuksiini. Useimmat ovat jo siirtyneet kahville.

– Nimenomaan. Hymyä huuleen, kääkkä, Eija sanoi ja iski silmää.

Kun pääsin kotiin opiskelijoilta saamieni kukkien, työhuoneesta mukaan ottamieni tavaroiden: kenkäpussin, työsalkun ja läppärin kera, heittäydyin välittömästi sohvalle. Potkin puristavat avokkaat jaloistani, enkä murehtinut sitä, että juhlamekkoni ruttaantuisi siinä makoillessani. Kiitin onneani, että ovella ei ollut vastassa pissahätää kärsivä koira, vaikka joskus yksinäisinä talvi-iltoina hiukan kaipasinkin omaa koiraa. Päätin soittaa heti Manulle, joka ehkä olisi kahvitauolla siihen aikaan.

– Hei, onko huono hetki?

– Ei, ei ole. Olen juuri kävelemässä pukuhuoneeseen. Olinkin poikkeuksellisesti aamuvuorossa, enkä tee tänään kahdeksaa tuntia pidempää päivää. Mitäs sinne? Manu kysyi.

– Kouluvuosi paketissa.

– Aivan. Tosiaan. Se on se päivä tänään. Jotenkin täällä kalenteri ei ole niin hallussa. Lähinnä sen muistaa, milloin tulee Suomeen. Miten meni?

– Hyvin. Ihan tavallisesti. Puheita, musiikkia ja upeita nuoria. Kermakakkua ja ruusuja, vastasin.

– No hyvä. Tännekään ei kuulu mitään uutta. Ehkä alkaa koti-ikävä tuntua enemmän kuin talvella, kun tietää, että kohta palaa kotiin ja komennus on ohi.

– Mukava kuulla tai siis tarkoitan, että mukava, että se reissu ei ole voittanut kotioloja, sanoin.

– Ei missään tapauksessa. Mitä mökille kuuluu?

– Nyt jo parempaa. Miehet on tällä viikolla olleet töissä joka päivä ja olen saanut kuvia sieltä eilen. En muistanut lähettää sulle, sori.

– Miltä näyttää? Manu kysyi.

– Kai se on vähän edennyt, mutta vieläkin korpeaa, että siitä Rukan keikasta tuli niin pitkä. Ei ne mitenkään tule saamaan kiinni aikataulua. Itse asiassa Ronkainen laittoi kuvien mukana viestin, että juhannuksesta joudutaan varmasti tinkimään. Niin noloa lähettää viestillä tieto. Ois voinut edes soittaa.

– Soititko sille? Manu kysyi.

– En viitsinyt, kun olisin sanonut pahasti, kun niin kypsyttää. Parempi antaa vähän kierrosten laskeutua. Mutta joo, jos me meinataan olla siellä juhannuksena, niin en mä tiedä, miten se hoidetaan. Nukutaanko vanhassa mökissä ilman saunomista ja muuta mukavuutta?

– En osaa sanoa. Katellaan nyt, millaista säätä siinä on luvissa juhannukselle. On tässä kuitenkin vielä kolmisen viikkoa, jospa ne hommat siellä edistyvät.

– Et usko itsekään. Kunhan yrität mua höynäyttää, naurahdin.

– Enkä edes onnistu, Manu totesi.

– Minusta kuule tulis jo hyvä kymppi tällä kokemuksella.

– Epäilemättä ja sulla ois lisäksi pedagogista osaamista, Manu jatkoi.

– Mä ajattelin kilistää itseni kanssa kesäloman alkamisen kunniaksi.

– Tee se! Manu yllytti.

– Ihan vaan yhden lasillisen ajattelin siemaista ja kuunnella hyvää musiikkia. Sen jälkeen voisinkin ottaa tirsat sohvalla, sanoin.

– Kuulostaa tosi mukavalta. En nyt pääse viereen.

– Ei me siihen mahduttaiskaan yhdessä. Mutta soitellaanko illalla lisää, jos jotain ilmenee?

– Soitellaan. Hyvää kesälomaa sulle, Manu sanoi ja päätti puhelun.

Vääntäydyin istumaan sohvalla. Riisuin mekon ja tallustelin alushameessa jääkaapille, jossa minulla oli odottamassa pieni prosecco-pullo. Perinteistä piti pitää kiinni, vaikka ei seuraa ollutkaan. Olin aloittanut kuoharilasillisella jokaisen kesälomani viimeiset viisitoista vuotta. Ehkä oli mennyt jo kaksikymmentäviisi vuotta. Mitä niitä laskemaan. Kaadoin kylmän, kuplivan juoman korkeajalkaiseen lasiin. Palasin olohuoneeseen. Laitoin lasin pöydälle ja noukin lattialta mekkoni. En jaksanut lähteä viemään sitä henkariin, vaan heitin sen nojatuolin selkänojalle. Kävelin stereoiden luo, valitsin levyn. Johnny Rottenin ääni täytti tilan. Samulin mielestä en kuulunut bändin kohderyhmään ja hän lisäsi, että punk on kuollut, kun oli joskus käynyt läpi levykokoelmaa.

Mielessäni kävi, että nykynuoriso on aika kapeakatseista, mutta toisaalta he eivät tienneet kaikkea vanhempiensa nuoruudesta ja parempi niin. Palasin sohvan luo, istuuduin ja otin lasin pöydältä. Nostin jalat pöydälle, siemaisin lasista ja suljin silmäni. Hyvää kesälomaa minulle.

23. luku

Käpsehdin kesäkuun kotosalla. Levottomana ja vähän kyllästyneenä. En jaksanut innostua puutarhanhoidostakaan tavalliseen tapaan. Odotin Manun paluuta kuin kuuta nousevaksi. Hän kotiutui juhannusviikolla. Komennus oli ohi. Hän ei palaisi enää Norjaan, vaan jatkaisi töitä loman jälkeen kotipaikkakunnalla. Suuntasimme Kuusamoon juhannuksenviettoon, mutta vuokramökille kuten monet kerrat aiemminkin. Olimme neuvotelleet rakennusfirman kanssa luovutuksen myöhästymisestä. Meille oli vannottu, että heinäkuun alussa voisimme asettua taloksi.

Luotimme annettuun lupaukseen ja lähdimme muuttokuorman kanssa heinäkuun ensimmäisenä viikonloppuna mökille. Kun tulimme perille, saimme pettymykseksemme huomata, että katon huovutus oli kesken, rakennusjätteitä ajelehti pitkin pihaa, listoja oli laittamatta ja keittiökalusteet eivät olleet saapuneet.

Maanantaina heräsimme kello seitsemän, kun katolta kuului vasaran naputtelua. Oli jotenkin noloa olla nukkumassa, kun toiset aloittivat jo työn. Tosin yö oli ollut muutenkin huono, kun nukuimme väliaikaisesti pumpattavilla patjoilla. Pitäisi lähteä sänkykaupoille heti. Nousin laittamaan kahvin tulelle. Manu veti shortsit ja t-paidan päälleen ja lähti puhuttelemaan kirvesmiehiä. Minua kiukutti. Kesästä oli tullut erilainen kuin olin haaveillut. Tuskin saisimme edes kaikkea valmiiksi, kun pitäisi palata jo opistolle aloittelemaan syksyn opetusta.

Manu otti rennommin, vaikka luonnollisesti hänkin oli harmissaan mökin valmistumisen myöhästymisestä. Olimme keskustelleet asiasta monta kertaa kesäkuun aikana. Manun mielestä en saanut purkaan kiukkuani kirvesmiehiin, jotka eivät olleet syypäitä tilanteeseen. Manu palasi pian sisälle vihellellen.

– No, mikä on arvio valmistumisesta? kysyin.

– Tämä viikko. Arvelivat, että katto valmistuu parissa kolmessa päivässä. Sen jälkeen toinen kirvesmiehistä jää jo lomille ja toinen naputtelee paikoilleen puuttuvat listat, vaikka voisin kai minäkin tehdä. Ja tietysti siivoaa myös pihan,Manu vastasi.

– Keittiökalusteet taitaa jäädä sun koottaviksi. Entä kodinkoneet?

– Ne vois jo purkaa ja laittaa paikalleen, vaikka kalusteita ei olekaan. Tosin sun kyllä pitää tiskihommat hoitaa käsin, kun allastakaan ei ole.

– Tiskaan saunalla ja voidaan kai osin käyttää kertakäyttöastioitakin. Ei tässä muu auta. Voitaisko kuitenkin käydä tänään ostamassa sänky? En osaa nukkua lattialla, totesin.

– Ilman muuta. Onpa sitten äijiä nostamassa sänky sisälle asti. Sohvaa voitaisiin kattoa samalla. Entä ruokailuryhmä? Manu jatkoi.

– Sekin joo. Meidän pitää varmaan vuokrata joku iso peräkärry kyliltä. Ei ne huonekalufirmat kuskaa näin kauas tavaraa kuitenkaan.

– Voi olla. Saisko täällä aamukahvit kuitenkin ennen sitä?

– Tietysti, mutta lähdetään sitten heti? vaadin.

– Sopii. Pitää varmaan soitella keittiökalusteistakin, kun se toimitus on viipynyt. Ehkä joku paikallinen toimittaja olisi ollut varmempi ratkaisu?

– Ja kaksi kertaa kalliimpi, vastasin.

– Kyllä tässä on rahaa palanut niin paljon, että jostain on tingittävä. Oot oikeassa.

– Aika usein olen, naurahdin.

– Ainakin omasta mielestäsi. Et anna periksi, vaan väität, vaikka olisit väärässä.

– Ei pidä paikkaansa, väitin vastaan.

– Onneksi sentään jääkaappi pelaa, Manu totesi tyytyväisenä, kun otti maitopurkin jääkaapista.

Ehdimme keskustaan, kun keittiökalusteita tuova rekkakuski soitti minulle. Hän oli sitä mieltä, että mökkitie on niin kapea, että ei hän uskaltaisi ajaa perille asti. Annoin puhelimen Manulle, joka suostutteli kuskin ajamaan tien mökille saakka.

– Miten voi olla, ettei ammattikuljettaja osaa ajaa autoa pihaan? ihmettelin Manulle puhelun päätyttyä.

– Mökkitie on aika kapea. Kuski epäili, että tienlaidat sortuvat painon alla, Manu sanoi.

– Onhan siitä tuotu hirret ja kaikki ja on kestänyt.

– Mun mielestä oli hyvä, että kysyi. Varovaisuus on viisautta.

– Onneksi sait hänet suostumaan. Miten me ois saatu tavara tienvarresta perille. Ei mitenkään. Ois varmaan pitänyt hommata jostain trukki tai mönkijä tai joku muu härveli.

– Asia on reilassa, jos hän pääsee perille. Meillä on keittiökalusteet odottamassa sisällä asti. Sanoin kuskille, että pyytää kirvesmiehiä nostamaan ne tupaan, jos sattuu pukkaamaan sadekuuron, Manu.

– Mistä aloitetaan?

– Mennäänkö katsomaan ensin, millaisia vaihtoehtoja löytyy huonekalukaupoista ja jos löydetään ostettavaa, käydään vuokraamassa kärry, kalusteet kyytiin ja mökille. Ehdin varmaan palauttaa kärryn tänään tai voithan sinäkin käydä sen tuomassa, Manu ehdotti.

– En oo ajanut peräkärryn kanssa. Jos joutuu peruuttamaan, niin sitten koko kärry on linkussa eikä siitä tule mitään.

– Minä voin tuoda. Kunhan härnäsin, Manu sanoi.

– Arvasin. En ottanut tätä kovin tosissaan. Mutta huonekaluostokset otan tosissaan. Mulla on mitat kaikkia varten.

– Hyvä, en muistanut ajatella asiaa ollenkaan.

– Onko tässä mitään järkeä?

– Niin missä? Mitä sinä meinaat?

– Tässä mökkihommassa. Ajattele nyt, tarvitaanko kahta taloa, jotka pitää ylläpitää, sisustaa ja vielä pitää ehtiä asua kummassakin?

– Pikkusen myöhäistä katua vai ajattelitko tarjota Jannelle valmista mökkiä?

– En mä varmaan ihan sitäkään ajatellut. Tuntuu vaan aika hurjalta. Ja koko ajan palaa rahaa. Ei ole huonekalutkaan ilmaisia.

– Uskon, että mökistä on iloa meille kummallekin ja koko perheelle, kun asetutaan.

– Hope so.

– Mitä jos sun paksusuolioireetkin puhkes rakennusstressistä?

– Se nyt meni niin kuin meni. Mistä näistä tietää. Ei useinkaan voi sanoa, mikä on syy-seuraus-suhde. Minun vointini on parantunut vain kesää kohti. Ei mulla ole mitään hätää, kun muistan syödä lääkkeeni, Manu vastasi.

– Niin kai sitten.

– Oliko sulla vielä muuta mielen päällä vai siirryttäiskö täältä autosta ensimmäiseen kauppaan?

– Joo, mennään katsomaan, mutta et sitten ala tinkiä.

– Aina sitä voi vähän tarkistuttaa hintoja, Manu naurahti.

24. luku

Heinäkuu hupeni nopeasti, mutta saimme paljon aikaiseksi. Keittiökalusteiden kasaaminen otti Manulta muutaman hikisen päivän, sillä homma oli oletettua kinkkisempi. Kun kalusteet oli kasattu, tiskipöytä, hella ja tiskikone paikoillaan, helpottui minun työni huomattavasti. Tai niin luulin. Kun tiskikone oli täytetty ensimmäisen kerran likaisista astioista, se ei lähtenyt käyntiin. Se ei edes ottanut pesuvettä sisään, vaikka hana oli auki. Oli pakko ottaa esille jopa ohjekirja, mutta mikään ei auttanut. Manu kantoi tiskikoneen autoon ja vei sen takaisin liikkeeseen. Huoltomies oli parin päivän reissulla. Kone jäi sinne, joten tiskasin taas astiat saunalla. Liikkeestä soitettiin kolmen päivän kuluttua. Huoltomies sanoi, että koneessa ei hänen mielestään ollut mitään vikaa. Manu lähti hakemaan konetta takaisin. Jäin mökille silittämään verhoja.

Kun Manu palasi, menin pihalle auttamaan häntä tiskikoneen kantamisessa.

– Sepä kävi nopeasti, sanoin.

– Joo, laitettiin tämä kyytiin ja ajoin heti takaisin. Pitikö minun jotakin muuta hakea?

– Ei pitänyt. Otanko kiinni toisesta laidasta?

– Ei tarvi. Kyllä se on helpompi kantaa yksin.

– Se on niin painava. Nitkautat selkäsi, väitin.

– Sain sen yksin kyytiin lähtiessä, niin ei sen kummempaa ole tullessakaan. Ei tämä niin paljon paina.

– En mä kyllä ymmärrä, miten niin koneessa ei ole vikaa. Pakko olla vika, kun se ei pese.

– En minäkään ymmärrä, mutta yritetään nyt vielä uudestaan.

Manu otti kiinni tiskikoneesta, joka oli lappeellaan auton takaosassa. Hän veti sitä itseään kohti ja oli jo nostamassa puolittain ulkona olevaa konetta, kun sen keikahti ja pääsi valumaan Manun jalalle.

– Ei helevetti! Manu karjaisi.

Menin viereen katsomaan, kun Manu sai jo väännetyksi jalkansa pois koneen alta.

– Nyt tais sattua pahasti. Tuliko murtuma? huolehdin.

– Kipeää käy, mutta tuskin nyt murtumaa, Manu sanoi ja irvisteli kivusta.

Hän riisui sukan ja kengän pois. Koko jalkapöytä helotti punaisena. Iho oli rullautunut hieman osumakohdasta.

– Minun mielestäni sinun pitäis käydä näyttämässä jalkaa päivystyksessä. Ihan varalta vaan. Lähden kuskiksi, sanoin.

– Eikä mitä. Kun saan koneen sisälle, niin jääpussia ja kipulääkettä. Katotaan sitten huomenna, mikä on tilanne. En minä viihti lähteä sinne jonottamaan kesäpäivänä, Manu sanoi.

– Miten sä nyt sitä tuot sisälle, kun ei sulla ole toista jalkaakaan, päivittelin.

– En minä sitä jalalla kanna. Mene aukaisemaan ovi, Manu komensi.

Tein, kuten Manu pyysi. Näin, miten vaikea hänen oli edetä, vaikka hän yritti varata painonsa kipeän jalan kantapäälle. Kun kone oli sisällä, Manun otsa kiilsi hiestä ja hän rojahti sohvalle. Kiirehdin hakemaan kylmäkallen pakastelokerosta. Kääräisin sen pyyhkeeseen ja asetin Manun jalalle. Manu ähkäisi. Hain särkylääkettä ja lasillisen vettä. Manu kiitti ja nielaisi lääkkeensä. Asettelin tyynyjä loukkaantuneen jalan alle.

– Minä huilin nyt vähän aikaa. Laitetaan kone paikoilleen illemmalla, Manu sanoi.

– Joo, totta kai. Se nyt niin kiireellistä ole. Ja täällä on päivystys illallakin, jos nyt näyttää, että jalka alkaa turvota tai ei kipulääke auta mitään.

– Joo, joo, Manu sanoi ja sulki silmänsä.

Manu nukkui toista tuntia. Yritin liikkua meteliä pitämättä, mutta oli mahdotonta tehdä mitään sisällä kolistelematta. Lähdin ulos, ja otin mukaani romaanin, joka kertoi naisista, jotka palasivat Suomeen sodan päätyttyä tuhoutuneen Lapin kautta. Ei kovin valoisaa lukemista, mutta kaikessa rujoudessaan tarina oli vangitseva ja kaunis. Minulla oli lukematta vielä viimeiset kuusikymmentä sivua.

Olin lukemassa loppuratkaisua, kun havahduin koputukseen. Manu seisoi ikkunan takana ja viittoili tulemaan sisälle. Ajattelin, että kipu on pahentunut ja lähdin välittömästi. Avasin oven. Mökissä tuoksui Manun keittämä tuore kahvi. Hän istui jo pöydän ääressä kädessään paksu viipale pitkopullaa.

– Ootko jo noin kunnossa? ihmettelin ja istuudin pöytään.

– Aika hyvin lääke torppaa kipua. En minä kyllä siitä huolimatta aio tehdä tänään enää mitään, Manu sanoi.

– Parempi tosiaan lepuutella. Taitaa mennä mustaksi koko käpälä, sanoin.

– Saapa nähdä.

– Soitin muuten rakennustarkastajalle, kun olit kylillä, kerroin.

– Mitä hän sanoi?

– Aikoi tulla elokuun ensimmäisenä perjantaina. Se on minullekin ainoa vaihtoehto. Pakkohan täältä on ehtiä töihin.

– Ilman muuta. Ei tästä puutu kuin maali päältä. Ja mökki maalataan vasta ensi kesänä tai seuraavana. Pihapiirissä on meille hommaa pitkäksi aikaa. Laituri pitää korjata, jos ei sitten ihan uutta tee, Manu sanoi ja jatkoi:

Paljon jäi törkylautaa, jotka pitää sahata polttopuiksi. Hyvä, että kaatopaikkakuorma hoidettiin. Se teki pihasta heti siistimmän.

– Ja minun pitää päästä poimimaan hilloja ja mustikoita, sanoin.

– Sinä voit aloittaa jo tänään, Manu ehdotti.

– En kai minä nyt yksin lähde. Eksyn tai törmään karhuun.

– Sinun suuntavaistoasi ei voi kyllä kehua, mutta pyöri tässä mökin liepeillä. Mustikoita löytyy täältäkin. Ja suokin on lähellä. Se, mistä katottiin jo heinäkuun alussa, että paljon on kartteja.

– Niin. Ehkä sitten kokeilen, mutta pysyn huutomatkan päässä.

– Ota kännykkä mukaan, niin et säikyttele huutamalla lintuja ja niitä karhuja, Manu nauroi.

– On täällä karhuja. Järven toisella puolella nähty viikko sitten. Luin somesta.

– Karhu-juttuja liikkuu aina, kun marjat alkavat kypsyä.

– Vaikka niinkin, mutta tietysti täällä on oikeasti karhuja, väitin vastaan.

– Toki, toki, mutta ei sen takia tarvitse jättää marjoja poimimatta. Karhut väistävät ihmistä niin kuin tiedät. Karhu näkee sinut, mutta sinä et karhua.

– Paitsi, jos sillä on pentuja mukana, sanoin.

– Paitsi, jos sillä on pentuja mukana, Manu toisti.

– *Hyvä, että sain nyt teidät molemmat paikalle ja voimme hoitaa perunkirjoituksen. Tunnetteko te toisenne? Anteeksi tyhmä kysymys. Tietysti tunnette.*

– *En minä kyllä tunne.*

– *En minäkään. Ei ole tavattu.*

– *Ahaa, jospa minä sitten ikään kuin virallisena henkilönä esittelen teidät. Isänne ei sitten ehtinyt kertoa. Tämä voi olla hieman hämmentävää, joten yrittäkää ottaa rauhallisesti. Aloitetaan nyt vaikka näin.*

– *Isämme?*

– *Niin, teillä on yhteinen isä, mutta eri äidit.*

– *Voitko toistaa?*

– *Te olette sisarukset tai sisarpuolet tarkemmin sanoen.*

– *Minä olen Sonja Laakso.*

– *Mun nimi on Riitta Kosonen, mutta en tosiaan ymmärrä yhtään mitään. Onko isä salannut koko mun elämän ajan, että mulla on sisarpuoli vai onko tämä joku piilokamerajuttu?*

– *Näin se on. Ihan faktaa on, että olette saman isän lapsia.*

– *Niin, en minäkään ole kuullut sinusta. Tiesin, että mun isä ei ole biologinen isäni, mutta äiti ei ikinä kertonut, kuka minun isäni on tai ei siis ennen tätä. Kun hän luki lehdestä kuolin-ilmoituksen, niin sitten kertoi. Olen nyt yllättäen tuplasti isätön, kun mun ei biologinen-isäkin kuoli pari vuotta sitten.*

– *Mitä järkeä tässä on? Tuli kyllä älyttömän paska fiilis. En olisi uskonut isästäni!*

– *Sinun isäsi on tehnyt niin kuin minun äitini on vaatinut. Se on sanonut, että ei saa pitää ikinä yhteyttä. Minä olen vahinko, yhden illan jutun pitempiaikainen seuraus. Se niiden kohtaaminen on tapahtunut ennen sun isäsi avioliittoa.*

– Aha. Tosi kiva. Nytkö me sitten ollaan yhtäkkiä yhtä suurta perhettä?

– Ihan miten haluat, Riitta. Haluan kyllä tutustua sinuun, mutta ymmärrän, jos sinä et halua. Mun nyt oli vain tultava tänne, kun minut on kuitenkin tunnustettu rintaperilliseksi.

– Niin, että tämmösen perinnön sitten sain.

– Ymmärrän, että sun on vaikea sulatella asiaa, kun se oli mullekin tosi hämmentävää ja nostanut pintaan monenlaisia tunteita. Mulla tosin on ollut aikaa pyöritellä tietoa jo muutama viikko. Olen edelleen tosi pettynyt, että en saanut mahdollisuutta tavata isääsi tai siis isäämme. Olisin halunnut, mutta nyt se on myöhäistä.

– Niin varmaan. Tämä on ihan syvältä. Mikä ihmisiä vaivaa? Miksi minulta on pitänyt salata tieto, että en olekaan ainoa lapsi. Tai tiesiköhän mun äiti edes?

– Siihen en osaa vastata. Pitäs varmaan kysyä minun äidiltäni. Ehkä hänkään ei tiedä. Hän ja isäsi eivät ole olleet yhteyksissä kuin elatusmaksun verran. Sen isäsi on aina hoitanut. Kuulemma.

– Niin, mentäisiinkö sitten tähän viralliseen puoleen. Aluksi käymme läpi omaisuuden ja sen jälkeen sovimme omaisuuden jakamisesta. Sopiiko, että etenemme näin?

– Pitäkää tunkkinne, sillä minä tarvin happea nyt. Voitte ihan keskenänne jakaa omaisuutta.

– Olisi tarpeen, että olisitte molemmat paikalla.

– Käyn ainakin pihalla tupakalla. Katotaan sitten, miten tämä jatkuu vai jatkuuko.

– Voinko tulla mukaan?

– En välittäis seurasta.

– Tulen siitä huolimatta. Voitko heittää röökin mullekin?

25.luku

Laitoin pöydän koreaksi. Odotimme rakennusmestaria käymään. Valkoinen maasturi ajoi pihaan. Autosta astui pihalle rakennustarkastaja Heikkisen lisäksi Kaarlo. Mitä ihmettä hän teki täällä. Manu meni vieraita vastaan pihalle. Kolmikko ei tullut sisälle, vaan jäi juttelemaan pihalle. Napsautin kahvinkeittimeen virran. Nappasin naulakosta kevyen neuletakin, koska päivä oli hieman kolea. Syksyä kohti mentiin taas.

– Onhan täällä emäntäkin kotona, Kaarlo huikkasi minut nähdessään.

– Hei, Riitta Hannula, sanoin rakennustarkastajalle ja kättelimme.

– Tapani Heikkinen, hän vastasi.

– Se on pytinki pystyssä, Kaarlo sanoi.

– Kyllä se alkaa olla, vastasin.

– Niin tässä jo Manulle kerroinkin, että tämä ei sitten ole lopputarkastus, Heikkinen sanoi.

– Miten niin? Mökki on valmis, ihmettelin.

– Ei sitä voi vielä hyväksyä, kun se on maalamattakin. Ja voi tietysti löytyä myös muita keskeneräisiä asioita. Mutta hyvä tämä on nyt käydä läpi tässä vaiheessa, jossa se nyt on ja kun on tänne asti ajettu. Yllätys oli minullekin, kun luulin tulevani lopputarkastukseen, Heikkinen selitti.

– Niin minä lähdin vain vänkäriksi, kun oli joutilasta aikaa ja satuttiin näkemään kaupungintalolla. Niin, jos ihmettelette, mitä minä täällä teen, niin en mitään minkään viran puolesta. Uteliaisuuttani innostuin lähtemään kyytiin, Kaarlo sanoi.

– Aivan. Jos me nyt sitten katsotaan, mitä täällä on tehty ja sovitaan toinen kerta lopputarkastukseen, Manu sanoi.

– Ei ehditä tänä syksynä enää maalata tätä. Työt alkavat. Vieraalla ei kannata tehdä, sanoin.

– Joo, se on kaukana se teidän koti. Ei sieltä ehdi ennen pimeää maalaamaan iltaisin, Kaarlo sanoi.

– Ei teillä sen puoleen ole huolta. Varsinaisen lopputarkastuksen ehtii tehdä vaikka ensi kesänä. Teillä on vielä ensi vuosi rakennuslupa-aikaa, joten ei paniikkia, Heikkinen totesi.

– Olisi vaan ollut kiva saada leima paperiin jo tänä vuonna, sanoin.

– Näitä teidän ikkunapuitteita ja kuistinkaiteita katselen, että ovat kyllä aivan liian valkoiset, Heikkinen sanoi.

– Miten niin liian valkoiset? Manu ihmetteli.

– Ei pitäs olla näin vitivalkoiset. Ne näkyvät pitkästi järvelle asti.

– Et ole tosissasi, minulta lipsahti.

– Kyllä olen. Kirjoitan sen tänne raporttiin ylös.

– Nehän ovat samaa valkoista kuin noissa ikkunaristikoissakin, penäsin.

–Pitää etsiä murretumpi valkoinen maali ja maalata uudestaan, Heikkinen sanoi.

Kaarlo ei sanonut mitään. Hän käveleskeli ympäri pihaa ja tarkasteli mökkiä läheltä ja kaukaa. Jos hän olisi sanonut jotain poikkipuolista, olisin varmasti tönäissyt hänet ympäri. Yritin kasata itseni, ja pyysin miehet sisälle kahville.

Kun päästiin kuistille, niin rakennustarkastaja totesi, että kuistinkaide on niin matala ja toisaalta pudotus niin pitkä maahan, että kaidetta oli joko nostettava tai sitten ajettava lisää maata kuistin edustalle. Ja ehdottomasti oli myös päätettävä, peitettäisiinkö pengeralue kuntalla vai nurmella.

Jouduin toisen kerran hillitsemään itseni. Mikä puutarhuri tämä oikein oli? Mitä hänelle kuului, vaikka meidän pihamme kasvaisi koiranputkea. En sanonut mitään. Manu vilkaisi minua varoittavasti. Menimme sisälle. Miehet istuutuivat pöytään ja Heikkinen näytti raapustavan jotain raporttiinsa. Varmaankin piha- ja kuistihuomiot. Kahvitellessa juttelimme Kuusamon kesämökkirakentamisesta yleensä. Kaarlo esitti tavallisen jyrkkiä mielipiteitä, joita Heikkinen komppaili, vaikka hieman Kaarloa hillitymmin. He näyttivät olevan hyvää pataa keskenään. Kun kahvi oli juotu, rakennustarkastaja jatkoi hommiaan. Hän käveli hellan luokse ja tarttui siihen.

– Jaa-a, tästä puuttuu turvakiinnitysrauta tuolta takaa. Kai se tuli hellan mukana?

– Tuli se. Unohtunut laittaa paikalleen.

– Merkitään raporttiin, että huolehditte sen paikalleen. Jos näin jättää hellan, se voi vaikka kaatua jonkun päälle.

Minun teki mieli kysyä, että entäs taulutelevisio, eikö sekin pitäisi laittaa seinään kiinni jollain turvaketjulla ja varmaan myös leivänpaahdin. Pitäisikö keittiöjakkarakin ruuvata varalta paikoilleen. Seuraavaksi tarkastaja huomautti, että makuuhuoneen oveen on hankittava stoppari, ettei ovi pääse aukeamaan liian lähelle takkaa. Kynä kävi ja raportti täyttyi vähemmän oleellisista huomioista. Kaarlo katseli järvelle ja sanoi sitten meille yhtä paljon kuin Heikkinen.

– Heikkinen on jämy kaveri. Niin kuin huomaatte, niin täällä pidetään huoli turvallisesta rakentamisesta, Kaarlo totesi.

Heikkinen väläytti nopean hymyn Kaarlolle. Hän näytti hymystään huolimatta lähinnä kiukkuiselta nuorelta mieheltä, joka oli pakotettu heinäpellolle, kun muut nuoret ajelivat kylänraitilla mopoilla. Otsa oli tyytymättömässä kurtussa ja kapeat huulet tiukkana viivana.

— Se on hyvä asia, Manu sanoi sovittelevasti.

— Anteeksi, mutta en malta olla nyt kysymättä, että mikä turvallisuusriski on valkoinen maali, sanoin. Arvasin, että Manu yritti varoittaa silmillään minua, että en jatkaisi aiheesta, mutta en katsonut häntä lainkaan.

— Äläpäs nyt Riitta ota liian henkilökohtaisesti, vaikka joudutte vähän parsimaan tekemistä, Kaarlo sanoi.

— En kysynyt sinulta, Kaarlo.

— Niin, ei siis varsinainen turvallisuusriski, mutta meidän pidettävä huoli rakentamisesta kokonaisuudessaan. Myös siitä, miten rakennukset istuvat maisemaan, Heikkinen sanoi.

— Voi hyvä tavaton. Oletteko koskaan poikenneet sivukylille täällä? kysyin.

— Toki, toki. Nytkin olemme sivukylällä, Heikkinen sanoi.

— Niinpä varmaan tiedätte, että ei täällä mitään linjaa rakennusten suhteen ole eikä muillakaan kylillä. Eikä tarvikaan olla. Tehkää sinne Rukalle niin virtaviivaista settiä kuin haluatte, mutta täällä rakentaminen on vapaampaa.

— No niin, eiköhän tässä ole tarpeeksi nähty. Palataan asiaan, kun tehdyt korjaukset on hoidettu ja mökki maalattu. Vai mitä sanoo isäntä? Heikkinen kysyi.

— Joo, näin tehdään, mutta kuten tuossa aiemmin tuli jo puheeksi, niin ei enää tänä syksynä. Ensi vuodelle menee, Manu vastasi.

— Mukava oli nähdä mökki, Kaarlo totesi.

Hengitin syvään ja pinnistelin itseni asialliseksi, vaikka verenpaine huiteli varmaan lähempänä kahtasataa.

– Terveisiä Aulikille. Ja tervetuloa käymään yhdessäkin, sain sanotuksi.

– Kyllä, kyllä, me tästä lähdetään. Miehet lähtivät ulos. Manu käveli mukana pihalle saakka. Heikkinen hyppäsi autoon ja käynnisti sen. Kaarlo näytti selittävän vielä jotain Manulle, mutta siirtyi sitten vänkärin paikalle. Auto lähti liikkeelle. Manu palasi sisälle.

– No niin, Manu sanoi.

– Todellakin no niin! Aivan ihmeellistä touhua! puuskahdin.

– Oli kuule lähellä tulla lisäsanktioita, kun rouva alkoi hiiltyä, Manu naurahti.

– Miten tuommosta nillittämistä voi kuunnella rauhallisena. Aikuinen mies ja vikoo kaikkea niin tosissaan. Joillakin valta menee päähän.

– Ehkä sä olet hitusen herkkänahkainen? Manu ehdotti.

– Joo, vähän, mutta ei tuo ollut asiallista. Ja eikö voinut sanoa silloin jo, kun pyysin käymään, että lopputarkastus tehdään vasta myöhemmin. Varmaan tulee tästäkin käynnistä lasku.

– Maksetaan pois, jos tulee, Manu sanoi ja kaatoi itselleen lisää kahvia.

– Mutta ei kyllä maalata noita ikkunapuitteita ja kaiteita uusiksi.

– Ei maalata. Se olis ihan hölmöläisten hommaa. Se on pari vuotta ja aurinko on haalistanut ne, Manu vastasi.

– Miten sinä voit olla niin rauhallinen?

– Ärsyttävää oli, myönnän. Ja sekin outoa, että Kaarlo tuli mukana, mutta ei noiden kannata antaa pilata tätä päivää. Me tiedetään, että mökki on hyvä asua ja kaikki muutenkin hyvin. Tehdään nuo pikkuviilaukset vielä ennen lähtöä. Maalataan ensi kesänä ja katotaan sitten, kuka tulee tekemään lopputarkastuksen. Voihan olla, että Kaarlo pohjusti käynnin siihen malliin, että se meni osittain pilkunviilaamiseksi sen takia, että Kaarlo oli mukana.

– Sä aina epäilet Kaarloa, sanoin.

– Pakosta tässä on tullut hieman vainoharhaiseksi, kun pimitti meiltä tuulivoimalahankkeenkin.

– En muistanut edes kysyä, miten siellä miniän raskaus etenee. Vai onko se lapsi jo syntynyt? Voi apua. Olenpa nolo.

– Ehkä tämä ei ollut nyt varsinaisesti sukutapaaminen, niin ihmekös tuo, Manu sanoi.

– Pitää soittaa Aulikille joku päivä, sanoin.

– Sillähän se selviää, eikä tarvitse sitäkään harmitella loppupäivää. Mun ehdotus on, että nukutaan nyt hyvät päikkärit saman viltin alla ja viitataan kintaalla koko tarkastukselle ja sun suvulle.

– Suku on pahin, vaikka siitä huolimatta olisin niin mielelläni pitänyt isän ja äidin. Ne ei päässeet ikinä näkemään tätä paikkaa. Niin ja Sonja. Miksi hänenkin piti kuolla. Ensin saa siskon ja sitten se otetaan kohta pois. Ajattele nyt. Vain pari vaivaista vuotta ja hän on yhtäkkiä poissa. Verisuoni sanoo poks ja se on sitten siinä, sanoin.

– Muistaakseni et ihan aluksi ollut kovinkaan ihastunut, että sait perinnönjakajan, Manu muistutti.

– En tietenkään. Laitapa kohdallesi. Vaikka en minä sitä perintöä silloin surrut, vaan enempi sitä, että isä joutui salaamaan oman lapsensa ja olemaan erossa koko ikänsä Sonjasta. Se on järkyttävää. Ja tietysti olin vihainen, koska minusta tuntui, että minua oli petetty. Mikään ei ollut Sonjan syy. Sonjan äiti oli mun mielestä kohtuuton, sanoin.

– Niinpä. Isäsi kunnioitti Sonjan äidin päätöstä. Ehkä Sonjan äiti halusi tehdä Sonjan elämästä yksinkertaisemman, koska hän oli jo löytänyt uuden miehen isäsi jälkeen.

– Miksi kaikki hyvät kuolee ensin? Alinakin kuoli.

– En tiedä, mutta johtuisko se vaan siitä, että ihmiset sairastuvat tai vanhenevat, eikä olisi kyse muusta, Manu sanoi.

– Alina jätti meille tämän perinnön. Ei istuttais tässä ilman häntä, huokaisin.

– Ei niin. Ollaan kiitollisia. Mutta ne päikkärit? Manu sanoi ja siirtyi makuuhuoneen ovelle.

– Päivän paras ehdotus, myönsin.

Nostin kahvikupit tiskipöydälle. Laitoin kerman jääkaappiin. Katsoin ulos. Tuuli nostatti pieniä vaahtopäitä syvänharmaalle järvelle. Koivut pitivät kiinni vielä vihreistä lehdistä ja niiailivat kevyesti tuulelle. Kohta ne vaihtaisivat syksyn värit ylleen ennen kuin lokakuun tuulet riisuisivat ne kokonaan. Jätin keräämättä loput astiat, ja kiirehdin Manun perään ruusuviltin alle.